ようこそ、自衛隊地方協力本部へ

航空自衛隊篇

数多久遠

角川文庫
23457

目次

1話　イラクの空と新任務

硫黄島訓練

光輝く海面を越え、眼下に無人のビーチが近づいて来る。鍋屋肇《なべやはじめ》二等空尉は、濃い色のサングラスの下で目を細めた。窓から差し込む南洋の日差しのせいで、C－130型輸送機のコックピットは、エアコンをフルパワーにしても暑かった。高度を上げれば涼しいはずだが、今日は低高度ばかりを飛んでいる。

前面の窓に硫黄島《いおうとう》の島影がいっぱいに広がる。五八年前、上陸作戦を敢行したアメリカ海兵隊が地獄を味わったビーチには、穏やかな波が打ち付けていた。十一月も後半に入っていたが、ここ硫黄島では暑すぎることもなく、快適な海水浴ができるはずだ。ただし、海には入るなと言われている。『サメに食われたいのなら勝手にしろ』

というのは、左側の機長席に座る串田《くしだ》三佐の弁だ。山頂は機体よりも上にある。フルコックピットの左側を摺鉢山《すりばちやま》が流れ去って行く。硫黄島南部の突出部を過ぎ、再びスロットルで低空飛行をしているC－130が、海上に出る。鍋屋の右側では、普段後方のカーゴルームにあってコックピットに入ることのない清水《しみず》一曹が、身を乗り出すようにして右下方を睨《にら》んでいた。実際に見えているのは海面だったが、想定しているのはイラクの大地だ。左側にある機長席の更に左では、清水と同じように矢場《やば》曹長が、MANPADS《マンパッズ》（携帯式地対空ミサイル）の警戒に当たっている。二人は、フレームに付けられたハンドルを摑《つか》み、中腰で窓に顔を押しつけるようにして視界を確保していた。コックピットから見ることができない機体後方は、清水と共に積荷をコントロールするロードマスターの布部《ぬのべ》二曹と林《はやし》三曹が警戒している。

鍋屋は、生唾《なまつば》を飲み込んだ。このフライトが訓練ではなく、実際にイラクの空だったなら、今この瞬間にもミサイルに狙われているかもしれない。その可能性を極力減らし、もしミサイルを撃たれた場合にも、それを回避するための訓練だった。そのために、普段は行わない危険な機動も訓練する。

間もなく、速度を落とすための急旋回を始めるポイントに到達する。通常の着陸でも、場周経路と呼ばれる旋回してから着陸するコースがある。しかし今から行う予定の旋回とランディングは、それよりも遥《はる》かに急激で大きな角度を旋回する。速度の乗った機体を着陸に適した低速まで落とすための急旋回だ。ダミーの積荷も積まれている。部隊が所在している小牧《こまき》基地で行える訓練ではなかった。危険だからこその硫黄島訓練だった。

操縦輪を握っているのは機長の串田だ。だが、コックピットが銃撃を受け、串田が操縦できなくなる可能性もある。鍋屋は、いつでも操縦を代わることができるように内心で構えながら、ミサイル監視を行っているクルーの報告を待っていた。

「ＳＡＭ《サム》」

ヘッドセットから、機体後部で警戒を行っていた林三曹の叫ぶような報告が届く。鍋屋は、目の前に設置されているミサイル警報装置ＳＰＳに目を走らせた。ＳＰＳは沈黙したままだ。

「セブン・オクロック、四五〇〇」

即座に機体が左にバンクを始める。串田が定められた要領に基づいてミサイル回避機動をとろうとしたためだ。同時に、左後方に脅威が存在することを示すＳＰＳの警報ランプが赤く光り、けたたましい警報音を響かせる。

鍋屋はミサイルの誘導を妨害するためのフレアの射出スイッチを入れた。一度スイッチを入れれば、三回連続でフレアが射出されるように設定してある。警報装置よりも早く報告を上げてきた林を頼もしく思った。

右側のコパイロット席から、左後方の模擬ミサイルは見えない。鍋屋は、高度低下やロールが過大になりすぎないか機体の状況に気を配る。自分の目で見ることができないことがもどかしい。

「も、もとい五〇〇〇」

そこに林の修正を告げる声が響いた。串田が舌打ちしながら機体を切り返し始める。

「距離五〇〇〇か？」

串田は操縦に集中している。確認は鍋屋の仕事だった。

「距離は五〇〇〇」

言葉は明確だったが、声の調子には迷いが見えた。鍋屋は、即座に「矢場曹長」と呼び掛けた。無理だろうとは思いながらも、左前方を監視している矢場に後方を見て欲しかった。

「確認できない！」

案の定、矢場の位置からは見えなかったようだ。

中型輸送機のC－130は戦闘機ほど機敏に動けない。積荷もある。機体は、やっとのことで水平を通り越し、右にバンクを始めた。串田は苦い顔を見せながら操縦輪を握っていた。

鍋屋は、機体が右に動き出すタイミングで再びフレアを放出する。報告が修正されたせいで機動は中途半端なものになってしまった。模擬ミサイルではなく、本物が飛来していたのなら、ミサイルの回避は、ほとんどフレア頼みになってしまっただろう。それは、鍋屋自身だけでなく、林を含めたクルー全員の生命が危ぶまれる事態だ。

「早く報告すりゃいいってもんじゃねえぞ！」

デブリーフィングで何と言ってやろう。鍋屋は、毒づきながら最初の評価を覆した。

地本の朝

車を降りた鍋屋肇一等空佐は、駐車場の端から目の前のビルを見上げ、大きく息を吐いた。着任したばかりで慣れない職場は、三〇年あまりの自衛隊勤務でも特異と言えるものだ。

以前の自衛隊では、制服で勤務することも多かった。今は式典でもなければ飛行服か迷彩柄の作業服がほとんどになっている。しかし、ここでは制服を着ることが多い。それに、陸海空三幕共通の機関であるため、陸自や海自の隊員もいる。むしろ空自は少数だった。

目の前のビルは、周囲に設けられた駐車場が、ビルの規模に比べて少々広いという以外は、どうと言うこともない普通のビルだ。駐車場が広い理由は、来客が多いから。総務省や財務省を始めとした地方事務所が入った合同庁舎は、様々な用件で多くの者が訪れる。鍋屋の職場であるU地方協力本部も、例外ではなかった。

当然、自衛隊の基地内ではない。U県県庁にほど近いU市中心部にある。どこかの官庁が持っていた施設を建て替える際に、合同庁舎として整備された。U地方協力本部、略してU地本《ちほん》も、それまでは市内の別の場所にあったらしい。つい先日、着任後の状況報告で沿革として聞かされた情報だった。

地方協力本部、略して地本は、地方自治体を含む外部に開かれた自衛隊の窓口だ。陸海空、三自衛隊の共同機関として各都道府県に置かれている。北海道だけは広すぎるため四つの地本がある。地本長には、一佐か同クラスの事務官が就いていることが多い。

鍋屋は、駐車場を横切って合同庁舎に向かった。一階のほとんどが地本となっている。ビルの一階は、入っている官庁の格付けという観点では、良い扱いがされているとは言えない。しかし、隊員の募集を主任務とする地本にとっては、入りやすさが何よりも重要。ベストな位置だった。

「おはよう」

地本のオフィスに入り、「おはようございます」と返される挨拶《あいさつ》を聞きながら本部長室に向かう。総務課長の荒井《あらい》勝彦《かつひこ》が立ち上がり、鍋屋についてくる。彼は事務官なので、着込んでいるのはスーツだ。

バッグを置き、まず最初に行うことは机に置かれた予定表の確認だ。部隊での勤務では、天候や機体のトラブルで予定が変更されることが良くあった。地本ではそうした理由での予定変更はまずない。しかし、県知事を始めとした部外のＶＩＰと接触する機会が多い。彼らの都合で変更されることは少なくなかった。それを荒井が報告してくれる。

「予定の変更はありません。一一時からこちらで募集相談員の委嘱状授与式とそれに引き続いての懇談、会食となります」

「名簿はあるかな？」

「名簿は、そちらになります」

今日の予定表の下、若干ずらすようにして募集相談員の名簿が置かれていた。椅子に腰を下ろしてチェックする。

募集相談員というのは、一言で言えば隊員募集活動に協力してくれるボランティアだ。単に相談員とも呼ばれる。自衛隊に興味を持っている若者に、自衛隊を紹介し、地方協力本部への橋渡しをしてくれる。地本にとっては、ありがたい存在だった。

鍋屋は、名簿を見ながら経歴や相談員としての実績をチェックする。今日の委嘱式は、U市周辺市町村の合同委嘱式だった。と言うのも、相談員の委嘱は、地本長だけでなく、各市町村長との連名での委嘱であるためだ。募集活動に積極的な市町村の場合は、地本ではなく、役所で委嘱式を実施することもある。

今日の委嘱は九人。ほとんどが二年の任期を終えての更新だ。公立中学校区毎に一人の募集相談員を置くことになっているため、総員はかなり多いものの、委嘱は随時、つまり五月雨《さみだれ》式であるため、一度の委嘱式に参加する相談員は多くない。

経歴としては、その地区の名士と言われている人物が多い。地域の有力企業を経営していた者などだ。本業は引退したものの、〝顔〟が利くため、相談員として活躍してもらっている。

そうした名士に交じり、少なくない自衛隊ＯＢも相談員になっている。ＯＢなので、当然ながら自衛隊には詳しい。鍋屋の目に留まったのも、そうしたＯＢ相談員の一人だった。

「この柏木秀人《かしわぎひでと》というＯＢは、もしかして、ここにいた人かな？」

鍋屋の問いかけに、荒井が名簿をのぞき込みながら答えた。

「そうです。定年までここ、と言っても以前のボロ庁舎で勤務していたそうです」

地本、あるいは組織改編される前の自衛隊地方連絡部、略して地連《ちれん》に広報官として勤務していた自衛官が、退職後にＯＢ相談員となることも多い。長らく募集活動に従事していたため、学校など地域の事情にも詳しい。

「ずいぶん長く相談員を務めてくれているんだな……」

再委嘱が可能なため、多くの相談員が何期も続けて活躍してくれている。柏木も、一〇年以上に亘《わた》って相談員を務めてくれているようだ。鍋屋にとっては、懐かしい人物だった。

「もしかして、本部長の入隊に関わっていた方ですか？」

「ああ。防大の二次試験を受けるかどうか迷っていた時に、本当に何度も家にやってきて防大を勧めてくれた人だよ。まったく、しつこいったらなかったな」

言葉では迷惑を訴えたが、照れ隠しでもあった。彼がいなかったら、鍋屋の自衛官人生はなかったかもしれない。

「委嘱式自体はすぐに終わります。懇談と会食の際に、お話しされると良いと思います」

荒井は、微笑みながら黙礼して下がっていった。

柏木

「その節は、お世話になりました」

委嘱式で三〇数年ぶりに再会した柏木は、すっかり老け込んでいた。会ったのは高校三年の時だから、鍋屋の成長期も終わりに近い。その後は、それほど大きくなったとは思えなかったが、記憶の中の柏木よりもずいぶんと小さく見えた。当時の柏木は四〇前後だったはずだ。もう七〇代も半ばだろう。

委嘱状を渡すだけの簡単な委嘱式が終わると、鍋屋は、他の相談員とともに会議室で彼らと懇談する。

「覚えてますよ。何とか入学してもらえましたが、ずいぶん悩んでからの受験だったでしょ。防大を卒業してもらえるのか、任官してくれるのか、任官しても続けてもら

えるのか……。正直心配でした。そんな人が、地本長になって戻って来てくれるんで
すから、広報官冥利《みょうり》に尽きるってものです」
　地本長は、出身地での配置となることが多い。鍋屋も地元に戻ってきたのだ。そし
てここで定年を迎える見込みだった。
「長い自衛官生活ですから、防大時代も含め、確かに悩む事はいくらでもありました。
辞めようかと思ったことも一度や二度じゃありません。ですが、柏木さんも含め、良
い出会いに支えられたおかげで、ここまでくることができました」
「それは良かった。パイロット、それも戦闘機乗りになりたいと言ってたのを覚えて
ましたから、輸送機に行ったと聞いて、大丈夫かなと思ってました」
　鍋屋は、輸送機行きを命じられた日を思い出して、胸の奥にかすかな痛みを覚えた。
パイロット希望者のほとんどは戦闘機乗りを目指している。しかし、その痛みはもう
記憶に過ぎない。
「思い返してみれば……、あの時が一番真剣に悩んだ時だったかもしれません。です
が、今になってみれば、良かったと思っています」
「それは良かった」
　柏木は、そう言うと意外な事を口にした。

「私は、鍋屋少年は、輸送機の方が向いているというか、輸送機の方が活躍できるんじゃないかと思ってましたから」

「え、そんな風に思ってらしたんですか？」

「ええ。確か高校でサッカー部のキャプテンをされていたでしょ。それも、当時のU西高校は、進学校なのに結構強かった」

鍋屋が通っていた高校は、文武両道を旗印に掲げ、進学校でありながら部活動にも力を入れていた。

「戦闘機のパイロットの方は、アクが強いというか、我の強い人が多い。でも、強豪校の部員をしっかりまとめている鍋屋少年は、クルーをまとめて任務を遂行する輸送機のパイロットが向いてるんじゃないか……なんて思ってました。飛び抜けてすごい選手のいる学校じゃなかったでしょ。団結というか総合力で強い学校だった。そこのキャプテンですからね。自衛官向きだなと思ってました」

鍋屋は、二度三度と瞬《まばた》きすると言った。

「驚きました。そんな風に見ていらしたんですね」

柏木は、うれしそうに微笑んでいた。

「鍋屋少年の操縦する飛行機なら、他のクルーも安心して飛べるだろう、少なくとも私ならそんな飛行機に乗せてもらいたいと思いましたよ。私の言葉を実感するような経験がありましたか？」

「そうですね……」

確かに経験していた。鍋屋を含め七人のクルーで危険な空を飛んだ経験、航空自衛隊にとって初の実戦と言える経験だった。

小牧

二〇〇三年三月、イラク戦争が始まった。それに先立つ湾岸戦争に対し、日本は一三〇億ドル、当時の日本円にして約一兆五〇〇〇億円もの資金提供を行いながら、ほとんど感謝されることはなかった。その反省に基づき、イラク戦争には人的貢献が欠かせないとして、日本政府はイラク特措法を急遽《きゅうきょ》成立させる。戦争開始が三月、特措法成立が七月だった。野党が強硬に反対する中で、異例のスピード立法と言えた。

イラク特措法に基づく自衛隊のイラク派遣に関しては、サマーワに展開した陸上自衛隊の活動を思い返す人が多いだろう。しかし、彼らの活動を支えるため、そして陸上自衛隊の撤収後は、多国籍軍への支援を目的として、航空自衛隊も空輸支援を行っている。

イラク戦争における大規模な戦闘は、特措法の成立前に終了している。しかし、現地では反米闘争を続ける多くの武装勢力が活動を継続していた。武装勢力は、銃器にとどまらず、携帯式の地対空ミサイルを装備していたため、C－130型輸送機による空輸支援は、決して安全と言えるものではなかった。当時、鍋屋はまだ二等空尉で、C－130型輸送機を運用する小牧基地の第四〇一飛行隊に所属していた。


飛行服姿の隊員が、列を成してパイプ椅子に座っている。鍋屋の前には、機長である串田三佐の刈り上げ頭があった。若白髪の混じり始めた頼れる男だ。このブリーフィングでは厳しい話を聞かされた。これからの訓練と派遣では、彼の経験とリーダーシップに頼ることになる。

ブリーフィングの最後、壇上に飛行隊長の三枝《さえぐさ》二佐が上がった。

「特措法が成立し、混乱はあるが諸準備は粛々と進められている。危険な任務になるが、任務は完遂せねばならない。今説明があったとおり、硫黄島での訓練内容は多岐にわたる。準備に万全を期してもらいたい。ミサイルによる脅威がある以上、今まで以上にクルーの連携が重要だ。今回の訓練では、ロードマスターを含めた固定クルーで実施する。各クルーは連携要領を詰めておくように。以上、解散」

緊張の面持ちで座っていた隊員が、一斉に立ち上がる。クルーは、それぞれ一列で並んでいる。鍋屋は、振り向くと列の最後尾に声をかけた。

「林、待機室に場所をとっておいてくれ」

クルー毎に連携要領を詰めるとなれば、場所の取り合いになることは必至だ。良い場所は、早く押さえるに限る。鍋屋の指示で、丸顔の林三曹はすぐに部屋を出て行った。他のクルーも動き出すが、林が一番乗りだろう。

鍋屋は、コパイロット、略してコパイと呼ばれることが多い副操縦士としては、ベテランに近づきつつあった。まだ機長となるには経験が足りなかったが、見習い操縦手を卒業し、クルーをまとめる番頭役をこなせるようになったところだ。

「本番はもちろんですが、硫黄島の訓練も大変そうですね」

鍋屋の後ろに座っていたフライトエンジニア、航空機関士の矢場曹長だった。C−130を知り抜いたベテランで、機体トラブルには常に最適の助言をくれる。浅黒の細面に刻まれた皺《しわ》が、彼の経験を語っている。串田を長とするクルーの先任空曹でもある。その矢場にとっても、硫黄島での訓練は、初体験となる事項が山盛りだということ。ブリーフィング前にも不安を口にしていた。

「対空ミサイル脅威がある空域に突っ込む……どころか、その中で離着陸しなけりゃならないんだから、今までと違うことをしなけりゃならないのは当然だ。みんなで知恵を出して試行錯誤するしかないよ」

航空機は、離着陸、特に推力を落とす着陸時がもっとも危険が高い。イラクでは、その離着陸時に、空港周辺に潜む武装勢力から携帯式の地対空ミサイルで攻撃を受ける可能性があるという。

「スパイラルで降りるとしたら、恐らく俺は操縦で手一杯だろう。鍋屋がクルー、特にロードマスターを指揮して監視してもらうことになる。お前が主導で、連携要領を詰めてくれ」

待機室に向かいながら、串田から告げられた。イラクでは、最大の脅威が携帯式の地対空ミサイルだ。高高度の機体は狙えないため、巡航中は安全だったが、高度を下げざるを得ない空港周辺が危険だった。空港の周囲を米軍が警備しているものの、携帯式地対空ミサイルは、一人でも運用可能な上、移動も容易なため、完全に危険を排除することは不可能だという。

そのため、空港周辺での低空域での飛行を最小化するため、スパイラル・アプローチと呼ばれる特殊な降下方法が予定されていた。空港直上まで安全な高度を飛行し、なるべく小さな旋回範囲で旋回を続けることで一気に降下する。まるで、コルク抜きのような経路で着陸するのだ。機動性の高い戦闘機なら、それほど難しくないかもしれない。推力にも余裕があるため、その状態から携帯式地対空ミサイルを回避するための機動をすることもできるだろう。しかし、鍋屋たちが乗るのはC－130で、しかも荷物を満載している場合もある。たとえミサイルが命中しなくとも、回避のために無理な機動を行えば、墜落の危険性があった。操縦輪を握る串田は、ミサイル攻撃を受けなくとも、神経を使う操縦をしなければならない。

当然、普段からそんな危険が伴うアプローチ方法を訓練してはいない。基地周辺に市街地の広がる小牧基地では、実施できなかった。そこで硫黄島だ。硫黄島では、スパイラル・アプローチの訓練をしながら、携帯式地対空ミサイルの監視と回避の訓練を行う。危険な訓練であるが故の硫黄島訓練だった。

待機室、林が確保したテーブルで串田クルーの面々が席に着いた。機長の串田にコパイの鍋屋、それにフライトエンジニアの矢場とナビゲーターと呼ばれる航法士の江《え》副《ぞえ》一曹の四人が、普段からコックピットに乗り込むメンバーだ。それに加え、フライトではカーゴルームに乗り込むロードマスターの三名がクルー員だった。ロードマスターの正式名称は空中輸送員、清水一曹、布部二曹、それに林だった。機長の串田が口を開く。

「スパイラルでは、俺は操縦に集中することになる。大変だとは思うが、攻撃されない限り、操縦自体は問題ないはずだ。アプローチを中止して、アボートすることも訓練途中から実施する予定だが、その前に確実なミサイル警戒ができなければ、その段階に入ることもできない。まずはミサイル監視要領を詰めてくれ」

C－130には、SPSと呼ばれるミサイル警報装置が装備できる。ただし、当時はほんの一部の機体にしか装備されておらず、派遣前に追加で装着する目処《めど》も立っていなかった。未装備の機体では、クルーが目視監視するしかない。

それに、SPS自体も、対空ミサイルのロケットモーターが発する赤外線を探知した場合に、警報を発するという簡素なものだ。これが、機体の前方左右二カ所、後方左右二カ所と下方の合計五方位に向けて付けられている。コックピットでは、どちらの方向に取り付けられたセンサーが反応したか分かるだけで、接近してくるミサイルの詳しい方位や距離は分からない。

その上、携帯式地対空ミサイルは小型なため、赤外線も決して強くはない。SPSは、それを感知するセンサーであるため、太陽を反射する金属や炎があれば、誤警報を発してしまう。SPSが警報を発したというだけで回避機動をとれば、スパイラル・アプローチで降下中の機体は、実際にはミサイルの危険がないにも拘《かか》わらず、墜落の危険を背負う事になってしまう。SPSを参考にしつつも、クルーによる目視監視が必須《ひっす》だった。

「監視は、俺が中心になれってことなので」

鍋屋は、そう言って本格的な監視要領の検討を始めた。

「派遣までに、バブルウインドウが付く他、一部の機体は空挺《くうてい》ドアの窓が角形の大型のものに換装される予定だ。バブルに清水一曹、空挺ドアに布部二曹と林三曹が付くってことでいいかな？」

Ｃ－１３０のコックピット後部には、緊急時に機体上面へ出るための脱出口がある。そこにバブルウインドウと呼ばれる樹脂製で半球状の窓が取り付けられる予定になっている。バブル、つまり泡玉の中に頭を突っ込むような監視用の窓だ。三六〇度、全周の監視ができる。Ｃ－１３０のオプション装備だった。緊急に調達し、改造してもらえることになっていた。それに、機体後方の左右には空挺降下の際に使用される空挺ドアと呼ばれるドアがある。そのドアの窓も大型化される予定だった。

ロードマスターの最上級者、清水一曹が鍋屋の言葉に答える。

「基本、それでいいと思います。ただ、スパイラルで降下中はいいと思いますが、最終アプローチの時に、バブルからだと下が見にくいかもしれません。どのあたりからミサイルを撃たれるのか分かりません。硫黄島で確認できるといいんですが……」

　空港周辺から携帯式地対空ミサイルを撃たれる可能性があるとは聞いていたが、どのあたりから撃たれる可能性があるのか、鍋屋たちでは分からなかった。しかし、そのための硫黄島訓練だと聞いていた。

「硫黄島の現地ブリーフィングで、基地防《きちぼう》の連中から聞けるだろう。イラクの武装勢力が持っている携帯式地対空ミサイルは、SA－14というミサイルだって話だ。性能はスティンガーに近いらしい。スティンガーで130を攻撃できる位置が、SA－14が攻撃してくる位置ってことになる」

「基地防空隊は、130を攻撃することなんて想定してなかったと思いますが、大丈夫なんですか？」

　鍋屋の言葉に疑問を挟んできたのは、ロードマスターの林だ。ミサイル監視が任務になるだけに、真剣だった。

「彼らは、スティンガーでの射撃を模擬できる機材を持っているそうだ。普段から場周経路を飛んでいるF－15やF－1、F－2を目標に訓練をやっているらしい。派遣の話が出てから、定期で飛んでいるC－1や130に対してもテストをしているって話だ。千歳《ちとせ》に飛んだ時は、狙われていたかもしれないぞ」

硫黄島の訓練では、千歳基地に所在している基地防空教導隊が支援してくれることになっている。スティンガーの性能を参考に、SA-14の脅威をレクチャーしてくれるだけでなく、訓練する鍋屋たちに模擬のミサイルを発射し、監視や回避訓練の支援をしてくれるという。

模擬ミサイルは、スモーキーSAM《サム》と呼ばれている。本物そっくりな噴煙の出る巨大なロケット花火のようなものらしい。SPSも反応するし、目視で監視する際にも、その噴煙を見つけて報告すれば良いと聞いていた。スティンガーの模擬機材で狙いを付け、ミサイルを発射するタイミングでスモーキーSAMを打ち上げるそうだ。かなり現実の脅威に近い訓練ができる見込みだった。

「それはいいですね。ビデオを見せられて、どうしようかと思いましたから……」

不安を口にしたのは、もう一人のロードマスターである布部二曹だった。彼の気持ちは理解できた。

先ほどのブリーフィングで、標的用のドローンに搭載したカメラから撮影したビデオを見せられていた。ドローンに本物のミサイルを発射し、機内からミサイルがどう見えるのか確認させるためのものだった。ビデオを見ると、ミサイル本体を見つけるのは至難の業だと分かった。噴煙は、動いている上に徐々に広がるため、かろうじて見つけることができそうだった。しかし、その噴煙にしても、ミサイルが機体に向かって飛翔《ひしょう》してくるため、見つけることは容易ではない。

機長の串田と鍋屋も機外を見ている。しかし、基本的に航空機を操縦するために滑走路などを見ることになる。ミサイルが発射される飛行場周辺の下方を見る余裕はない。二人の後ろに座るフライトエンジニアの矢場とコックピット右後方に座るナビゲーターの江副も前方を見ることができるが、席に座ったままではやはり下方が見えにくい。

清水が懸念したように、バブルウインドウからも見えにくいようであれば、配置も再検討しなければならない。鍋屋たちは、監視の分担だけでなく、ミサイル発見時の通報要領やアプローチの段階に応じた留意事項をチェックして訓練に備えた。

硫黄島訓練　初日

案の定と言うか予想通りと言うべきか、硫黄島での訓練は、試行錯誤の連続だった。

「やはり、バブルからでは見えませんね」

フライトを終え、デブリーフィングを行う。庁舎の会議室に並べた机にクルー毎に集まっていた。十一月に入っていたが、硫黄島は沖縄よりも南にある上、バブルウィンドウで燦々《さんさん》と降り注ぐ太陽を浴びた清水の飛行服は、汗が乾いて塩が浮かんでいる。

とにかく一度やってみようということで、予定していたクルー配置で、スパイラル・アプローチからの着陸をやってみた。射撃地点をわかりやすくするために、基地防空隊は配置場所で旗を振りながら、射撃タイミングでスモーキーSAMを発射してくれた。

「スパイラル降下中は、振られている旗も見えてましたが、着陸進入を始めると、基地防空隊の位置は機体に遮られてしまいましたし、発射されたスモーキーSAMは主翼の陰でした」

せっかく調達したオプション装備は、いきなり効果的でないことが判明した。おまけに、基地防空隊によると、C－130は、エンジン形式がターボプロップのため赤外線の放射が少なく、ジェットエンジンの機体以上に、狙われるなら後方からの可能性が高いということだった。実際にやってみても、斜め後方からの射撃だった。バブルウインドウからの視界は、主翼に遮られてしまう。

「FE席から、射撃場所は見えたか？」

串田は、フライトエンジニアの矢場に問いかけた。

「ちらっと見える時もありましたが、とても監視できるとは言えません。操縦席のサイド、左右どちらかに立って見ないと無理です」

「そうなると、欠員なしでもリソースが足りないな」

鍋屋は、唇をかみながら言った。飛行中は、基本的にロードマスターの仕事はない。空中投下をする場合でなければ、地上での荷物の積み卸しが任務だ。そのため、ミサイルの目視監視は、三人のロードマスターにやってもらう予定だった。

後方は、左右の空挺ドアにある窓から二人で見てもらうことになる。窓が大型化されれば、真後ろ以外は、視界という点では大きな問題はないはずだった。問題は前方の下方だった。前方から撃たれる可能性が低いとは言え、監視を怠ることはできない。操縦席の左右後方から、乗り出すようにして監視する必要があった。

しかし、そうなるとフライトエンジニアかナビゲーターが、本来の仕事を外れて監視に就かなければ、頭数が足りなかった。

「矢場曹長と清水一曹にやってもらうしかないだろう」

串田の一言で、フライトエンジニアの矢場が、離着陸時はミサイル警戒に就いてもらうことになった。

航空機に乗り込む人員は限られる。安全な運航を行うため、その限られた人的リソースを有効活用するための考え方は、クルー・リソース・マネジメント、頭文字をとってCRMと呼ばれている。軍用機だけでなく、民間の航空会社の他、船舶や医療分野などヒューマンエラーを防ぐことが重要な分野でも取り入れられていた。

イラク派遣では、ミサイルや銃器による攻撃によって、飛行中に人的損失が発生する可能性もある。訓練の後半では、そうした一部のクルーが動けなくなった状況も含めたCRMをどうするか検討することになっている。ところが、最初の段階でリソースが足りなくなってしまった。ただでさえ派遣できる人員は限られる。少ない人員でどうやりくりするかを考えなければならなかった。

「報告要領も再考した方がいいな」

鍋屋は、ミサイルの噴煙を発見した時に上がってきた報告に不満を感じていた。事前に報告の仕方を決めてはあったが、情報の不足を感じたのだ。串田も同様だったようだ。

「そうだな。SPSも反応していたし、報告が上がってきたことで誤警報ではなく、実際の脅威があることは確認できた。ただ、『SAM、リア、レフト』だけでは、フレアに期待してそのまま着陸進入を継続すべきなのか、アボートしてミサイル回避をすべきなのか判断できない。せめて距離と方位のもう少し詳しい情報が欲しい」

フレアは、高熱を発し、赤外線誘導ミサイルを引きつける防護装備だ。ミサイルを撃たれた際に、機外に放出して使用する。

「今回、どの程度の距離から撃たれたんでしょう？　計測する方法はないので、見た感じで報告するしかないと思いますが、目視の距離感覚が分かりません」

左後方の空挺《くうてい》ドアからスモーキーSAMの噴煙を見ていた林だった。

「何度か撃ってもらって、感覚的に覚えるしかないと思います」

林とともに監視の主力となる布部も、正確に報告できるか不安を感じているようだ。

「スモーキーSAMの保有弾数次第だろうが、要望してもらうようにしよう」

鍋屋は、成果報告として報告するつもりでメモした。わずか三〇分ほどのデブリーフィングで、メモにはびっしりと書き込みがされた。他のクルーからも問題点や改善要望が報告されるだろう。

その後には、ブリーフィングルームにやってきた基地防空隊の隊員とも意見交換を行い、さらに問題点を洗い出し、飛行要領やクルー間の連携要領の改善を図る。

「大変ですね」

デブリーフィングを終え、鍋屋は大きく息を吐いて、串田に言った。

「そうだな。しかし、今苦労した分だけ、イラクでの安全性は高くなる。今努力を怠り、トラブルが起きれば、自衛隊が非難される。何より、そのトラブルで失われる命は、自分やクルーの命だ。やれる限りのことをやろう」

鍋屋は、奥歯を嚙《か》みしめ肯《うなず》いた。

硫黄島訓練　二日目

翌日の訓練では、前日に洗い出した問題の改善案をテストすることになる。離陸からして訓練だ。当初の輸送経路は、クウェートのアリ・アルサレム空軍基地からイラク南部の都市ナシリア近郊にあるタリル飛行場が予定されている。クウェートからイラクへの物資輸送が主な任務だが、イラクからクウェートに戻す物品もあるため、帰りも空荷という訳にはゆかない。ミサイルで攻撃されないためには、なるべく早く高度を上げたいが、高度を上げるためにはパワーも上げなければならない。そうするとターボプロップエンジンといえども赤外線の放射が増える。

訓練前のブリーフィングでは、基地防空隊が前日の訓練時に撮影したビデオを見せてくれた。携帯式地対空ミサイルを撃つ側の視点は新鮮だった。

「やはり着陸時よりロックしやすいです。絶対的な熱放射量が違いますし、排気口が下方を向いていることも影響していると思います。相対的にフレアの効果も落ちます」

赤外線カメラで撮影した映像では、四基あるエンジンの排気口が輝いて見えていた。フレアの方が輝度は高いが、熱源の大きさではエンジンの方が大きかった。

「それでも、射撃する側からすると、フレアに引っ張られる可能性がある状況で、使い捨ての携帯式SAMを使用することには躊躇《ちゅうちょ》します。ミサイルを撃たれる前にフレアを使用することには大きな意味があると思います。フレアの数に余裕があれば、予防的なフレア使用も検討すべきかと思います」

ミサイルを撃つ立場からの助言は、大いに参考になった。ただし、それまでの自衛隊では、輸送機の防護装備はあまり重視されていなかった。緊急に調達しようとしているらしいものの、実際にどれだけフレアが確保されるか分からなかった。

まだ訓練二日目だ。今日は、離陸後も直進して発射されたミサイルをどのくらいのタイミングで発見、対処できるか確認する予定になっている。ただし、ミサイルを発射する場所は機体の右側というだけで、詳しく知らされていない。布部が空挺ドアから監視、報告することになっている。林は、別の窓からビデオ撮影する予定にしていた。ミサイルは後方から撃ってくる予定だが、前方の監視も、矢場と清水が操縦席の左右に立って確認する。

「よし、行くぞ！」

ミサイルではなく、銃撃を受ける可能性もある。その場合、当然狙われるのはパイロットである串田と鍋屋だ。コックピット周りは防弾板が設けられる予定になっているが、口径の大きな狙撃銃や重機関銃で撃たれれば、いきなり串田が操縦できなくなる可能性もある。離陸滑走が始まれば、鍋屋もいつでも操縦を代わる心構えをしなければならない。

速度が上がり、機体がふわりと浮き上がる。やっていることは普段と同じだ。しかし、模擬とは言え、ミサイルを撃たれると分かっていると、いやが上にも緊張した。

イラクの武装勢力が空港の間近まで寄れるはずはない。基地防空隊もある程度離れた位置にいるはずだ。右後方から撃ってくるとすれば、すぐにではない。

国内の運航では、基地周辺への騒音を抑えるため、離陸すると素早く高度を取る。しかし、機長の串田は、高度を抑えていた。高度を上げれば、その分速度が上がらない。攻撃を受け、推力を失う可能性を考慮すれば、速度マージンが欠かせなかった。

鍋屋がそろそろかと思った時、ＳＰＳが警報音を響かせる。右下のランプが点灯している。

「SAM、リア、ラ……ライト、四〇〇〇」

報告する布部の声はうわずっていた。とにかく声を上げたものの、焦って後半が遅れていた。右後方四〇〇〇メートルからミサイルを撃たれたという内容だった。目視での距離感が分からないということだったが、とりあえず感覚で報告を上げることに決めてあった。単位はメートルだ。フィートは高度でしか使っていないし、水平距離で使用されるマイルではおおざっぱ過ぎる。航空の世界で使用されるマイルは海マイル。一マイル約一八〇〇メートルもある。

串田が「フレア」と叫び、機体をバンクさせ左に旋回させた。鍋屋は、即座にフレアを一発だけ放出する。実際にミサイルが接近してきている訳ではないが、ミサイル発射を模擬している基地防空隊にこちらのアクションを示して評価してもらうためだった。

そのまま上昇し、他の機体が離陸し終わってから着陸時の訓練も行う。重要なのは、デブリーフィングだった。

硫黄島訓練　二日目　デブリーフィング

前日と同じように会議室の机にクルー七人が集まる。支援してくれた基地防空隊はまだ戻って来ていないようだ。まずはクルーだけで反省事項を洗い出す。

「最初に、林が撮影した映像を確認しよう」

串田の言葉に、林がビデオカメラの映像を映し出す。騒音で聞き取りにくいが、報告の声も入っている。スモーキーSAMの噴煙が上がり、しばらくして布部のうわずった声が聞こえた。

「もう少し、早く報告できないか？」

映像を止めさせ、布部に問いかける。噴煙が見えてから報告するまで、一秒はないものの、明らかにタイムラグがあった。C－130では、素早い機動はできない。串田はすぐさま回避機動を取らせていたが、間に合っていたとは思えなかった。もっと迅速に報告してもらう必要があった。

「後方から撃たれる可能性が高いということだったので、後ろの方を見てました。気づくのが遅れたので、その分報告が遅れてしまいました」

「そうか……ある程度でも、ミサイルを撃ってくる場所の見当が付かないと、すぐさま発見することも難しいか」

布部の言葉に串田が答えた。単純に報告が遅れたということではないようだ。

「林から見てどうだった？」

右から撃ってくるということが分かっていたため、左の警戒から外し、撮影係にしていた林に尋ねる。

「ビデオを構えてたので、今回どうだったというのは言いにくいんですが、ドアに顔を押しつけるようにしないと視界が確保できません。それに、下、つまり近い位置も見ないといけないので、広い角度を見るのは結構難しいです。空挺《くうてい》ドアの窓が大型化されれば、もう少し良くなると思います。できれば空挺ドアもバブルウインドゥにして欲しいくらいです」

串田が肯いて言う。

「バブルはともかく、大型化を急いでもらうように要望しよう。撃たれる可能性が高い位置は、この訓練を通じて覚えるしかないな。基地防空隊からの情報も吸収しよう。早く発見できれば、焦りも減るはずだ」

「すみません……」

布部は、報告の声が上ずってしまったことを謝っていた。その他にも細かな反省事項をまとめていると、基地防空隊が戻ってきた。彼らがそれぞれのクルーの机を回ってくれることになっている。

鍋屋たちの机にやってきた基地防空隊の指揮官は垂水《たるみ》二尉と名乗った。空自の迷彩作業服を着ていなければ、陸上自衛官と間違いそうな風貌《ふうぼう》だ。

「今回、飛行経路の真横三キロの位置に展開し、機体が真横を横切った位置から射撃シーケンスを開始しました。バッテリーの活性化、シーカー安定、ロック、見越角・エレベーション設定をしてから射撃するので、発射までには若干の時間を要します。機体から見て四時方向くらいでの発射になったと思います」

角度は、機内から撮影したビデオで確認していたので、双方の認識が合致している。異なっていたのは距離だ。鍋屋が、垂水に問いかけた。

「飛行経路の真横三キロというのは、間違いないですか？」

「そちらの訓練支援が目的なので、射撃に適した位置ではなく、地図上で三キロの位置を選んで実施しました。水平距離なので、直線距離はもう少しあったはずです。ですが、エレベーションは一〇度くらいなので、さほど影響がなかったはずです。発射したときには四時方向、やや後方からの射撃になっていたため、その影響の方が大きいかもしれません。それでも、直線距離で三三〇〇メートルというところだと思います」

布部は恐縮した顔をしていた。もともと距離感は分からないと言っていたのだ。報告の数値が異なっていても仕方がない。なんらかの対策が必須《ひっす》だった。

「こちらは回避機動を取ったが、防空隊から見てどうだった？」

操縦輪を握っていた串田としては、もっとも気になる点だろう。

「携帯式ＳＡＭの機動性能は高くありませんが、それでもあの程度の機動でしたら命中確率には大きな影響はないと思います。機動するのであれば、もっと急旋回すべきかと思います」

垂水は、アドバイスをくれたのだろう。しかし、その言葉に串田は首を振り考え込んだ。代わりに鍋屋が答える。

「離陸して間もないタイミングだから、高度も低いし、速度も乗っていない。急旋回すれば、さらに速度が落ちる。赤外線誘導のＳＡ－14が命中するとすれば、エンジン付近になる可能性が高いはずだ。速度が落ちた状態、しかも深いバンクの状態で、ミサイルが命中すれば、立て直す間もなく墜落する恐れがある。高度や速度がもっと高ければ急旋回してもいいが、あの状況での急旋回は危険すぎる」

「なるほど」

垂水は、そう言うと渋い顔で言葉を継いだ。

「それなら、逆に右旋回した方が良かったかもしれません」

「右旋回？」

串田と鍋屋の声がかぶった。右旋回すればミサイルから離れることができなくなる。対空ミサイルの回避では、距離を取って待避することが基本だ。距離を取らない方が良いなど、とうてい理解できなかった。

「はい。やや後方から撃っていたことに加え、遠ざかる方向に左旋回したので、エンジンの排気口がこちらを向きました。フレアも使用されていましたが、赤外放射が増えたので、フレアの効果が落ちたはずです」

「そういうことか」

串田はうなっていた。

「離陸時、いや着陸時もそうだが、低高度低速度では、大した機動はできない。それなら赤外放射を減らして、フレアでロックを外す方がいいというわけか」

垂水が肯《うなず》いて答える。

「はい。完全にロックが外れなくても、フレアからの赤外線がミサイルのシーカーに入れば、命中率は低下します。エンジンからの赤外放射が減れば命中率は更に下がるはずです」

「それなら、常にミサイル側に機動した方がいいですか？」

鍋屋は、新たに生じた疑問をぶつけてみた。

「さすがにそれはないと思います。携帯式ＳＡＭは、誘導性能だけでなく飛翔《ひしよう》性能も高くありません。今回は三キロ少々の距離だったので、ミサイルが十分な飛翔性能を維持している範囲でした。もっと遠かったら……恐らく五キロ程度でしたら、普通に距離を取る方が有効だと思います」

垂水の答えを聞いて、鍋屋は腕を組んで考えた。隣の串田も思案顔だ。

「問題がありますか？」

不安げな声で垂水に尋ねられる。支援する立場で、迷わせてしまったと思っているのかもしれない。

「いや、問題はありますが、あくまでこちら、我々の問題です」

鍋屋はそう答えると、清水を始めとした三人のロードマスターとミサイル監視に加わるフライトエンジニアの矢場の顔を見た。

「そうなると、やはり正確な距離を報告してもらうことは重要だな。問題は、それが可能かどうかだが…………」

「目測だけなので、実際に見て慣れないと正確な報告になりません。映像で距離感を磨くのは難しいです」

清水の言うことは納得できた。鍋屋は「そうだろうな」とつぶやいて垂水の方に向き直る。

「複数の場所から、同時にスモーキーSAMを上げてもらうことはできますか？」

「発射機は三基しかありません。三カ所ならば可能です。総隊にかき集めてもらえば、増やすことはできると思います」

垂水の言葉に串田が答えた。

「いや、三カ所もあれば十分だ。三キロより近い位置だと回避する時間的余裕もないはずだ。フレアを出すのが精々だろう。三キロ、四キロ、五キロくらいで良いんじゃないか？」

監視に当たる四人に、異なる距離からの同時発射を見てもらうことができれば、監視、そして報告の精度が上がるだろう。

「なるほど、分かりました。こちらは対応可能です。ただ、他のクルーにも同じことが必要だと思います。問題はスモーキーSAMの残弾ですね。持ってきている分では足りなくなるかもしれません。かき集めるだけじゃなく、調達してもらう必要があるでしょう」

「それは、空幕の仕事だな。こちらは、必要性を訴えて要望を上げるだけだ」

そう答えた串田に視線を向けられた。報告書の作成は、鍋屋の仕事になる。鍋屋は、肩をすくめて見せた。ただでさえ忙しいのに、さらに仕事が増える。だが、仕方がなかった。必要性を訴えて、スモーキーSAMを追加調達してもらおう。

「こちらからも、情報を上げておきます。基地防の予算ということになるでしょうし」

そう言った垂水に串田が答える。

「そうだな。よろしく頼む。ところで、逆方向に機動した場合、二発目を撃たれる危険性はないのか？」

一発のミサイルでも危険だ。無理に機動した後、二発目のミサイルを撃たれれば、鈍重な輸送機にとっては非常に危険だった。

「最初から二発目を準備していれば別ですが、一発目が失敗だと分かった時点から二発目を準備するのはかなり大変です。結構重量がありますし、スティンガーでは、簡単とは言え一部の部品を組み付ける必要があります。SA－14でも同じだと思います」

「そうだとすると、現地の情勢にもよるか……」

　串田は再び思案顔になった。

「米軍が空港周辺で警戒に当たっているとは言え、実際に侵入されて攻撃を受けてますからね。とは言え、二発目を撃つのは、武装勢力にとっても相当なリスクになるのは間違いなさそうですね」

　鍋屋の言葉に、垂水が肯いた。

「そうですね。一発発射すれば米軍が殺到するでしょう。二発目を撃とうと思えば、逃走することは困難なはず。普通は、一発撃ったらすぐに逃げるんじゃないでしょうか。二発目を撃たれる可能性は、相当に低いと思います」

「それも踏まえると、やはり射程限界付近以外は、ミサイル側に機動して赤外放射を捉《とら》えられにくくした方が良さそうですね。着陸時はともかくとして、離陸時だとスロットルを絞ることも選択肢に入らないでしょうし」

　今度は、串田が肯く。

「よし、では細部を詰めよう。クルーの連携は、正確な距離と大まかな方位を含めて報告を上げる方向で」

　串田が方針を決定し、矢場や清水が机に乗り出す。垂水は「失礼します」と言って次のクルーが待つ机に向かって行った。

硫黄島訓練　衝突

イラク派遣は、空自にとっては初の実戦と言ってもいい。それだけに、鍋屋たち四〇一飛行隊からの要求は、空幕でも最重要事項として処理された。もともと急がれていた空挺《くうてい》ドアの改修や未装備機へのSPS装着は最優先で進められていたし、スモーキーSAMは緊急で追加調達してもらった。

そのおかげで、訓練支援態勢は充実していた。後は、現場の努力だけだった。一週間ほどの訓練を経て、まだ細部の試行錯誤は続けていたものの、訓練は、定められた要領に基づいて、練度を上げる段階に来ていた。

携帯式地対空ミサイルで攻撃を受けた場合、前方からならば、極力横行《おうこう》する方向、つまりミサイルの方位から九〇度ずれた方向に旋回する。ミサイル方向への赤外線放射も抑えられるし、機体の後ろに流れる高温の排気によってもミサイルの誘導を阻害できる。それに加え、ミサイルの飛翔距離を伸ばすと同時に、旋回を強要することで、機動性能を低下させ、命中精度を低下させることもできるからだ。

後方からの場合は、撃たれた距離によって対応を変える。射程限界に近ければ、距離を取る方向に旋回し、ミサイルの機動力を低下させて命中精度を落とす。発射位置が近ければ、発射位置の方向に旋回し、前方から撃たれた場合と同じように横行する方向に飛行する。

もちろん、いずれの場合でも、フレアを使ってミサイルの誘導を妨害する。ただし、派遣期間が長引き、フレアが大量に必要になる可能性もある。空幕が緊急に調達しようとしているが、生産や納品が追いつかない可能性があると言われていた。節約が必要かもしれなかった。

それに、現地に着けば、また新たな情報が得られるかもしれない。その場合は、また要領を変えることになる。〝実戦〟で得られた戦訓《せんくん》は貴重だ。常に柔軟対応が必要だった。

とは言え、現時点での情報に基づいて、クルー全員が適切に動けなければならない。一番難しかったのは、やはり後方から撃たれた場合、距離によって対応を変えることだった。

午後のフライトを終えた後、普通ならクルー全員でデブリーフィングを行う。この日は、機長の串田が部隊からの電話で席を外していた。先に残りのクルー六人でデブリーフィングを始めている。鍋屋は最も若いロードマスターである林に向けて言った。

丸顔が苦い思いで歪《ゆが》んでいる。

「迅速な報告が必要だが、不正確じゃ困るぞ」

この日十一月二十二日は、スパイラル・アプローチと真逆の考え方に基づく着陸進入を訓練していた。

まもなく先遣隊が出発することになっている。現地の米軍からさまざまな情報が入ってくる中、スパイラル・アプローチのデメリットも指摘されるようになっていたからだ。

携帯式地対空ミサイルは、文字通り一人の人間が携帯できるサイズだ。それを持つ武装勢力は、市民に紛れている。生活する振りをしながら攻撃の機会をうかがっている。

スパイラル・アプローチは、空港の真上まで高高度で飛行し、旋回を続けて降下する。武装勢力は、空港間近でしか攻撃ができない反面、無線を傍受することができなくとも、早くから降下する機体を目視で確認し、最適なタイミングで準備を始めて攻撃することができた。

そうした市民に紛れた武装勢力からの攻撃を避けるためには、視認される時間を極力短くすることが望ましい。この日の訓練は、そのためのアプローチ方法だった。空港から離れた位置で降下を完了し、低空を高速で接近して、そのまま一気に着陸してしまうのだ。しかし、速度が高くては着陸できない。最終進入前に一気に減速する必要があった。急旋回することで速度を落とす。

同じような機動は、もともと戦闘機が行っている。戦闘機の場合、早く帰投してミサイルや燃料を補給し、再出撃するために行う。空港周辺まで巡航高度を高速で飛行し、急角度で降下して着陸する。エンジン出力を抑えても、急降下によって高速になってしまうため、急旋回して速度を落として着陸する。戦術機動の一種だが、一般の人も目にする機会は多い。ブルーインパルスの演目にあるからだ。ただし、ブルーインパルスの場合、急旋回の前に機体を普通とは逆にロールさせる。通常、左旋回するのなら左に九〇度近くバンクさせるところ、逆に右にロールさせるのだ。角度は背面状態を通り越して約二七〇度のロール、つまり左に九〇度バンクさせるのと同じ角度にする。ロールが加えられているため、ローリング・コンバット・ピッチという演目名になっている。

鍋屋たちの場合、着陸進入とは異なる方向から高速低高度で接近し、滑走路の先で急旋回して減速、着陸することになる。運動性の良くない大型機、しかも荷物を積載して大重量になっているため、操縦は難しかった。林からミサイルを撃たれたことを報告されたのは、そんな機動に入る直前だった。

『SAM、セブン・オクロック、四五〇〇……も、もとい五〇〇〇』

方位は機首方向を時計の一二時に当てはめて報告することにしていた。軍事、特に航空の世界では、昔からよく用いられるクロックポジションという方式だ。方位の報告までは良かった。問題は、その後に報告された距離だ。七時方向、真後ろに近い方位から四五〇〇メートルという距離でミサイルを撃たれたことになる。定めた要領では、左に旋回してミサイルに捉えられる赤外線を減らしながら機動とフレアでミサイルを回避することになる。しかし、距離が五〇〇〇に修正された。基地防空隊の話では、五〇〇〇なら距離を取って射程外に逃れた方が良いという。七時方向からならほぼ真後ろだ。そのまま直進するか、若干右旋回して距離を取るべきだった。

鍋屋が「迅速な報告が必要だが、不正確じゃ困る」と言った理由だった。

「すみません」

林は、素直に謝っていた。訓練は一週間ほどしかこなしていない。十分な練度に上がっていないのは無理もないことだ。ただ、林の顔には『気にいらねぇ』とはっきりと書いてあった。

「おい、林！」

鍋屋と同じように、それが読み取れたのか、林にとってロードマスターの先輩にあたる清水がたしなめていた。それでも、林は押し黙っている。

「林、不満があるなら言え」

少し声が低くなってしまった。

「いえ、特に不満はありません。次は、正確に報告します」

言葉は穏やかだったが、明らかに棘《とげ》があった。階級は離れているものの、年は近い。

少し舐《な》められているのかもしれなかった。

そうならば、はっきりと言っておかなければならない。軍事組織だから、というのもあるが、しっかりとした上下関係がなければ、非常時に困ることになる。たとえ林がベストな認識を持ち、鍋屋がベターな認識しか持ち得てなかったとしても、クルー全員が一つの意思の下に動く事が重要だ。そのために階級があり、指揮権がある。船頭が何人も居ては困る。

しかし同時に、クルーの和も重要だ。階級で不満を抑え付け、言いたいことを言えない関係になってしまえば、重要な情報が共有されず、指揮官が情報不足のまま判断する結果になってしまうかもしれない。

鍋屋が階級を振りかざして強く言えば、林だけでなく、クルー全体の雰囲気が悪くなる。大型機の運航で重視されるクルー・リソース・マネジメントでは、クルーの雰囲気を悪くすることは厳禁だった。人間関係が悪化して適切な報告が行われなければ、指揮官が情報不足で誤った判断を行うことになる。それは、事故の危険性に直結する。ミサイルに狙われる状況では、撃墜される可能性が高まる。

どうすべきなのか鍋屋は迷った。その逡巡《しゅんじゅん》は一瞬だったが、デブリーフィングの場では、その場の誰にも分かる沈黙の時だった。

「そうか。次は正確に頼むぞ」

結局、曖昧《あいまい》なまま流してしまった。階級は絶対だ。強く言えば林は従うだろう。しかし、腹の中は違う。面従腹背になってしまう。鍋屋はそれを恐れ、話題を切り替えた。

「では、離陸時の話だが……」

串田はなかなか戻って来なかった。結局、串田抜きのままデブリーフィングを終え、串田には鍋屋が報告することとして解散した。

硫黄島訓練　全体集会

その日の夜、全員が夕食と風呂《ふろ》を終えた時間になって、硫黄島訓練の指揮官でもある串田が、鍋屋たちだけでなく他のクルーも含めた全訓練参加者を集めた。

デブリの結果は、まだ串田に報告できていない。フライトを終えた直後から、串田は原隊である四〇一飛行隊と連絡を取り続けていた。何か、重大な事が起ったということだけは予想できた。

鍋屋がブリーフィングでも使用している会議室に入ると、そこには訓練を支援してくれている基地防空隊のメンバーも居た。

クルー毎に並んでいた。串田が訓練指揮官であるため、鍋屋が先頭に座る。集まった訓練参加者の顔は、緊張で硬くなっていた。

「イラクで、何かあったんでしょうか？」

鍋屋の後ろに座る矢場だった。

「その可能性が高いな。ミサイル攻撃で被害が出たのかもしれない。全員を集めたってことは、何があったのかは教えてもらえるんだろう」

鍋屋は、そう言って腕を組んだ。不安だったが、今できることは何もない。ほどなくして串田が入ってきた。正面に立つと、ごま塩頭を掻《か》き上げ、よく通る声で話し始めた。

「バグダッド国際空港で、民間機がミサイル攻撃を受けた。現時点で分かっている情報を伝える」

その一言で、不安な空気が一瞬で緊迫する。串田は、訓練参加者を見回すと、咳払《せきばら》いをして言葉を継いだ。

「攻撃を受けたのは、ヨーロピアン・エア・トランスポートのエアバスA300型貨物機。国際宅配便DHLの関連企業が運航していた。バグダッドで飛んでいた理由は分からないが、恐らく米軍か米国政府のチャーターだろう。攻撃は、バグダッドを離陸した直後に行われた。使用された兵器は、携帯式SAMということなので、SA−14の可能性が高い。発生は、本日、日本時間の一五時三〇分頃。エンジンではなく、左翼の動翼付近に着弾したらしい。エアバスはジェットなので、機体後方に流れる高温の排気にミサイルが誘導されていたのかもしれない。理由はともかくとして、機体はハイドロ・プレッシャー・オール・ロスになったようだ」

周囲から驚きの声が上がった。鍋屋の背にも一瞬で怖気《おぞけ》が走る。ハイドロ・プレッシャー・オール・ロス、油圧全損失は機体を操縦するための操舵《そうだ》翼を全く動かすことができない状態だ。日本の航空関係者であれば、即座に日本航空123便墜落事故を思い出すだろう。串田は無言で声が静まるのを待っていた。やっとのことで静かになると、ＤＨＬ機に訪れた運命を語る。

「みんなも御巣鷹山《おすたかやま》の事故を思い出したと思う。だが、エアバスの機長はベテランだったようだ。日航機の事故やその教訓を知っていたんだろう。シミュレータで訓練も受けていたのかもしれない。エンジンの推力調整と電動のフラップで機体をコントロールし、バグダッドに着陸したようだ。死傷者はゼロ」

再び驚きの声が上がる。だが、それは先ほどとは全く違うものだった。そこかしこから「スゲエ」といったつぶやきが聞こえた。

「日航機と違い、尾翼が健在で安定性が高かったこともあるし、機体を安定させやすい低空だったことも影響しただろう。だが、逆にほんの少しのミスで墜落していた可能性も高い。パイロットと機関士は英雄だな」

（この事件は、日本では『ＤＨＬ貨物便撃墜事件』と呼ばれているが、上記のように撃墜はされておらず、乗員全員が無事生還している）

「現時点で入っている情報は以上だ。我々の任務に直結する情報であるため、米軍経由で入ってきた情報を伝えたが、どの程度の情報が公開されることになるかは分からない。以後伝える追加情報も含め、訓練から戻っても家族を含め話すことのないよう注意してもらいたい。マスコミはこの事件を使って派遣反対を訴えるだろうが、幸いにも死傷者はゼロだった。派遣はこのまま実行される可能性が高い。明日からの訓練も、気合いを入れて続けてもらいたい。俺のクルーは残ってくれ。以上、解散」

硫黄島訓練　機長の厳しさ

全員が立ち上がり、会議室が騒がしくなった。矢場が中心になって、串田クルーが集まれるように、部屋の後ろにまとめてあった机を出している。他にも集まっているクルーがあった。動揺している者がいる可能性も考えているのだろう。

「さて、デブリはどうだった？」

串田は、バグダッドでの件などなかったかのように切り出した。てっきりバグダッドの件を話すのだと思っていた鍋屋は、意表を突かれて慌てた。

「えっと、一通り問題点と改善方向は話しました。明日の訓練で支障になりそうな積み残しはありません」

「そうか。林が報告内容を訂正した件は？」

「次は、正確に報告してもらうということで、まとまっています」

鍋屋がそう報告すると、串田は眉《まゆ》をひそめた。

「訂正の理由はなんだったんだ？」

串田が林に問いかけた。林も、ベテラン機長である串田には不満気な態度を取らないかもしれない。それでも、また不穏な空気になってしまえば、せっかく穏便に収めたことが無駄になってしまう。

「あ、林も不正確になってしまったことは気にしてるんで……」

鍋屋は、そう言って微妙な空気感だったことを伝えようとした。

「ん？　そりゃ気にするだろ。ミスは間違いないんだからな。おかげで、回避は一秒以上遅れた。最初の報告でロールに入っていたから、逆に切り返したが、元に戻るまでにも時間を取られた。その一秒でミサイルを喰《く》らっていたかもしれない。気にして当然だ」

鍋屋の脳裏には、ミサイルを受けて左翼から炎をたなびかせるエアバスが映っていた。そのエアバスの映像が、C－130に変わってゆく。DHL機に訪れた運命が、鍋屋たちに降りかかる可能性は、間違いなくあるのだ。

串田の言葉に、林はデブリーフィングの時と同じように答えた。

「すみません。次は、正確に報告するようにします」

串田は、微妙な顔をして鍋屋に視線を送って来た。串田も、多少はデブリの様子を察してくれたかもしれない。

「まあ、そうしてもらわなきゃ困るんだが……」

そう言って串田は頭を掻いている。

「なあ、林。お前が気負っているのも分かる。この訓練参加者の中で最年少だからな。外されるかもとか思っているのか?」

串田が尋ねると、林は唇を噛《か》んでいた。

「いえ。外れる者がいるのは分かってます。気負ってるわけじゃありません」

今回の訓練参加者が、派遣第一陣の中核になる。だが、予備要員も含めて訓練を行っているため、一部は外されることが確実だ。林は、それを承知していると言うが、その顔を見れば、内心が違うことは明らかだった。

串田は、ため息を吐くように言った。

「なら、改めて聞くぞ。距離を修正した理由は何だ?」

串田の声には、答えないことは許さないという厳しさがあった。鍋屋は、クルー・リソース・マネジメントを考慮すれば、追及が厳しすぎる結果にならないか不安に思った。しかし、機長は串田だ。口を挟むことははばかられた。

「よく見えなくて……」

ややあって林がぼそりと答えた。

「セブン・オクロックと報告しましたが……もう少し後方寄りだったかもしれません。空挺《くうてい》ドアからだと後方は片目でしか見えなくて」

「そういうことか。側面のドアで後方を見るのが難しいのは仕方ないな」

串田は、一旦《いったん》言葉を切ると、静かに続けた。

「任務は、本当に危険なんだ。DHL機のことでも分かるだろう。無事だったのは奇跡みたいなもんだ。その奇跡を掴《つか》むためには、クルーが一丸となって動く必要がある。全員が同じ認識の下で動くことが何よりも重要なんだ。お前がよく見えなかったのなら、適当な数値を報告するんじゃなく、『距離不明』とか、『四五〇〇以上』とでも言ってくれた方が良かった。距離を数値で報告するように要領を定めていたから、数値で言おうとしたんだろうが、不正確なことが分かっている数字で報告する必要は無い。それに、現地では砂嵐で見えにくいこともあるだろう。そうした場合にも備えて、報告要領も飛行要領も検討しないといけないだろうな。少なくとも……後方寄りで距離不明なら、報告は『距離不明』でいい」

串田の言葉を耳にして、鍋屋は唇を噛んだ。串田の厳しさは、必要だからこその厳しさだったし、厳しいだけではなかった。

『まだ未熟だな』

鍋屋自身が、そう言われているような気がした。

硫黄島訓練　夜の会話

鍋屋は、なかなか寝付けなかった。

今までは、ミサイルがエンジンに命中する可能性が高いということだったので、左右どちらかのエンジンが破壊されることばかりを考えていた。動翼に命中し、ハイドロ・プレッシャーが失われる可能性も考えなければいけないだろう。

C－130は軍用機なので、民航機と比べれば損傷に対して頑強だ。油圧全損失になるとしても、一気にゼロになることはない。普通は、徐々に圧が下がることになる。最悪、油圧全損失になったとしても、C－130型機は、ワイヤーによって残った動翼を動かすことができる。機体が大型なので、操縦輪を少し動かすだけでも全身の力を最大限出す必要があるが、操縦不能にはならないはずだった。それに、離陸時なのか、着陸時なのかによっても状況は異なる。離陸時に攻撃を受け、ハイドロに影響が出ても、そのまま目的地まで飛行を継続した方が安全な場合だって考えられた。とは言え、いきなりそんな事態になったら、無事に着陸させられる自信はなかった。

考え始めると、恐ろしい状況が次々と頭の中に浮かんできた。ベッドから起き出し部屋を出る。廊下には、各部屋のドアの横に水を入れたコップが並んでいた。他の基地では見られない硫黄島ならではの光景だ。

太平洋戦争の激戦地であり川や池のない硫黄島では、多くの将兵が水不足に悩まされながら死亡した。水を入れたコップを置くのは英霊へのお供えだった。置き忘れた者の枕元には、水を求める幽霊が出ると言われている。この他にも、硫黄島の石や砂を持ち帰ってはならないなど、硫黄島には言い伝えや禁忌《タブー》が多い。

Ｔシャツの上にジャージを羽織っただけだったが、建物の外に出ても寒くはない。もう十一月も末だが、緯度は沖縄よりも南だったし、絶海の孤島なので一日の寒暖差も少ない。鍋屋は、空を見上げて深呼吸した。数少ない自衛隊施設から漏れる光以外は、夜空の星が光っているだけだ。金を取れるほどの夜空だと思っていると、星ではない赤い光点が見えた。うっすらとたなびく煙も見える。たばこの火だった。

こんな時間に誰だろうか。鍋屋はゆっくりと近づいた。たばこは吸わないが、声をかけたっていいだろう。足音に気づいたのか、その丸顔の人物が振り返った。

「鍋屋二尉！」

鍋屋も驚いたが、相手も驚いていた。

「なんだ、林も眠れなかったのか」

「〝も〟って鍋屋二尉もですか」

鍋屋は、ただ苦笑を返した。移動訓練者用の宿舎裏では、夜空と南洋の風になびく丈の低い草、それに岩しか見えない。野郎二人で夜空を眺めていると、林がぼそりと言った。

「今日は、すみませんでした」

鍋屋が返す言葉に悩んでいる内に、林がまた口を開く。

「気負っているとか、派遣から外されるのを怖がっているとかじゃないんです……俺がこのクルーで一番下です。階級や年ももちろんですけど、一番能力がないのは分かってます」

「年は、俺も似たようなもんだろ」

「ちゃかさないで下さいよ。年はそうかもしれませんけど、コパイとロードマスターの三番手じゃ、いろいろ違い過ぎるでしょ」

確かに、ちゃかしにしかなっていなかった。

「能力がないのは分かってます。だから、足を引っ張りたくなくて……すみません」

そう言って、林は俯《うつむ》いていた。その横顔を見ていると、鍋屋は林と自分の共通点が多いことを改めて思い知った。だから口を開く。

「あのな。確かに、お前は若手で、ベテラン中心で編成されているこの訓練や派遣第一陣メンバーの中じゃ能力は不十分かもしれない。しかし、それは俺も同じだ。だが、その能力不十分な隊員が、メンバーに入れられている理由は分かるか？」

「そりゃ、海外派遣ですし、事情もある人もいて人が足りないからですよね」

「違うよ。そういう事情もあるかもしれないが、一番の理由は違う」

林が顔を上げ、視線が合う。怪訝《けげん》そうな顔をしていた。

「この派遣は、たぶん長く続く。第一陣はベテラン中心でも、以後の派遣を考えて派遣経験を積んだ若手も作っておく必要があるってことだ。将来、いつか分からないが、俺は串田三佐の、お前は清水一曹や布部二曹の代わりになれるようにってことでメンバーに入っているんだぞ。足を引っ張らないように頑張るのはいいが、若手なりのことができればそれでいいんだ」

「そうは言いますが……」

林はまだ納得していないようだった。目を伏せたまま、妬《ねた》みをぶつけられる。

「鍋屋二尉は、しっかり活躍してるじゃないですか」

すねた口調が、少しばかり憎々しかった。

「あのな……」

腹の中では『この野郎！』と言いたいところを抑える。

「串田三佐は、お前が最下級だからあの場で言ったが、俺も後で怒られたんだぞ！」

「え？」

林は、きょとんとした顔をしていた。

「俺は、年はお前と大差ないが、クルーの中では次級者だ。だから、あの場で怒るのはマズイと思ったんだろう。解散した後で、俺だけ呼ばれて怒られたんだ」

林はまだ惚《ほう》けたような表情をしていたが、その顔には『何て？』と書いてある。

「デブリの時、俺ももっと言うかどうか悩んだんだ。だが、クルーの和が乱れたらと思って言えなかった。もちろん、言い方もあるだろうが、問題は明確にして改善しなきゃならない。それが幹部の責任だぞって言われたんだ」

林は、再び視線を落として鍋屋の言葉を噛《か》みしめていた。この季節でも青々とした草が夜風になびいている。

「俺も、お前と同じでまだまだだってことなんだよ。それでも、全部分かったような顔してなきゃならないんだ」

「そうだったんですね」

上げられた林の顔は、どこかしら嬉《うれ》しそうだ。

「チッ」

鍋屋は舌打ちする。

「他の連中に言うんじゃねえぞ」

串田が、鍋屋だけ個別に注意した意味がなくなってしまう。

「分かりました。俺は、俺なりに頑張るようにします」

「そうしてくれ」

林が宿舎に戻った後も、鍋屋は星空を眺めていた。

悩んでいた林のケアをしてやったつもりだった。しかし、同時に自分の悩みにも道が見えたような気がした。

「俺も、俺なりに頑張るしかないな……まだ未熟なんだから」

その後

鍋屋と林は、共に第一次派遣メンバーとなり、何度も一緒にイラクの空を飛んだ。コックピットに乗り込む四人は固定クルーだったが、ロードマスターは派遣された人数が少なく、林は鍋屋以上に飛んでいた。硫黄島での訓練中にぶつかったおかげで、何か問題があれば、互いに遠慮なく言える関係になっていた。

互いに経験を積み、ベテランとなった。Ｃ－１３０での空輸に慣れたクルーが少なかったため、二人とも何度も派遣されることになった。

陸自の支援としてタリル飛行場に飛んでいた派遣の前半は、攻撃を受ける可能性もあり、操縦輪を握る鍋屋は常に緊張を強いられていた。陸自の撤収後、派遣の後半になると、空自部隊は多国籍軍のために情勢の安定したバグダッドなどへのフライトも行った。その頃になると、大変だったのは鍋屋よりも林の方だった。

「機長、乗り込もうとしている人員が予定より多いです。無線で確認して下さい」

バグダッドに着陸し、搭乗者を乗せているとカーゴルームから二曹となった林がどなるように報告してくる。

「名簿と照らし合わせろ。名簿にない奴まで乗せなくていいんだぞ！」

機長となった鍋屋も、どなり返すように命じる。

「英語も通じないんです。誰が誰だか分かりません。片言のアラビア語じゃどうしようもないんです」

「何?!」

「身振り手振りで、確認できるだけ確認してますが、米軍から誰か来てもらって下さい。機体のそばをうろうろする奴もいて目が離せません」

当初よりも情勢が安定したとは言え、バグダッドは危険だった。エンジンを回しっぱなしにして、常に緊急の離陸に備えている。それなのに、機体のそばをうろうろされたのでは、たまったものではなかった。

「くそっ。分かった。そっちも、できるだけ何とかしてくれ」

そんな苦労をしたのも過去になった。林は、先日定年となった。最終階級は曹長だった。退官後に手紙をもらっている。

鍋屋も、この地本長勤務が、最後のご奉公になるはずだった。林はもちろん、多くの仲間、クルーに支えられ、苦しい任務を遂行してきた。今度は、そうした仲間を増やすことが任務だ。

「今度は、あなたが広報官ですよ」

すっかり老け込んだ柏木が、優しい目をして微笑んでいた。

柏木が鍋屋を引き込んでくれたように、未来の仲間を引き込んでやろう。鍋屋一等空佐は、彼の目を見ながら決意した。

2話　離島と芋煮会

来訪者

ある平日の午後、U地本募集課では、壁掛け時計が奏でる規則正しい微《かす》かな音とキーボードを叩《たた》き付ける不規則な音だけが響いていた。一人寂しく留守番をしているのは広報官の相馬《そうま》二等陸曹だ。

相馬が地本勤務となった理由は、人付き合いがうまいことだった。ただ、相馬本人は、少し異なる自己分析をしている。人付き合いがうまいのではなく、一人が耐えられない性分なだけだった。一人でいる人よりも、一人でいられない人のほうが寂しいと言われることがある。相馬は正にそれだった。話す相手が一人もいないということが、どうにもやりきれなかった。寂しさを通り越してキーボードに八つ当たりしていた。

地本の募集課は、学校や入隊を考えている者の自宅に出向くことが多い。相馬自身が出向くときは良いのだが、留守番になってしまうこともある。募集課をふらりと訪れる者もいる。そうした人を取りこぼさないため、必ず一人は課に残っているようにしていたからだ。

相馬が、パソコンを壊しそうな勢いでエンターキーを叩いた時、彼の救いがデザインガラスのドアを押し開けて入ってきた。線の細い少年だった。

「すみません」

「はい、いらっしゃい」

相馬は、飛び上がるようにしてカウンターに少年を迎えた。制服でU東高校の生徒と分かる。身長は若干低い。栄養失調という訳ではないのだろうが、骨格や肉付きが細い。何となく、弱々しい印象なのだ。有り体に言えば、あまり自衛官向きには見えない。それでも、何よりも大切なのは意志だ。少なくとも、この子は自分から地本に来てくれた。

ちなみに、広報官は募集に応じてくる者を〝子〟と呼ぶことが多い。立派な隊員に育ってくれる〝子供〟という感覚だ。

「あの、ポスターを見て、サイトも見たんですけど、地方協力本部に来れば詳しい話を聞けるって書いてあって……、ここで合ってますか？」

「ええ、ここで合ってますよ。ようこそU地方協力本部へ」

相馬は、そう言って少年を相談用のブースに案内した。それぞれの相談者毎、個別に話ができるよう、パーティションで区切られたスペースだ。

「U東高生かな。何年生？」

飛田《とびた》と名乗った少年は、三年になったばかりで、高校卒業後の進路として専門学校に行くか、自衛隊に入るか考えているところだという。

三年となれば、もう真剣に進路を決めにかからなければならない。専門学校にせよ、自衛隊にせよ、それなりの準備が必要だ。高校は、進学率の高くはない学校だ。防大ではなく、曹候補生か自衛官候補生志望なのだろう。

「自衛隊のことは、ネットで調べました。お金を貯められるって書いてあって……」

「お、そうだね。給料は悪くないし、生活費がかからないから、無駄遣いをしなければ、お金を貯めることができるよ。服は支給される分だけじゃちょっと足りないかもしれないけど、衣食住はほとんどタダだからね」

「一千万円貯めるには、どのくらい勤めればいいですか？」

目標額が決まっているようだ。言い方からしても、任期制の自衛官として勤務し、満期退職するつもりなのだろう。そのことを確認すると、飛田は「はい」と小さく答えて言った。

「お金を貯めて、自分でお店をやりたいんです。飲食店。洋食とか和食とか、どんな料理を出す店かは決めてないんですけど、自分で作った料理を食べてもらう店をやりたいと思っています」

第一印象とは裏腹に、飛田はハキハキと答えてきた。

「なるほど」

何年前になるか、同じような希望を持って、このU地本にやってきた少年がいた。相馬は、その少年の事を思い出しながら説明する。

「本当にお金を貯めることだけを考えて勤務するなら、五年とか六年もあれば一千万は貯まるんじゃないかな。何年か前に君と同じように、将来イタリアンだったか、ヨーロッパのどこかの料理のレストランをやりたいと言って、自衛隊に入った先輩がいたよ」

「本当ですか？」

「もちろん。料理の修業にもなるからということで、航空自衛隊の給養、つまり食事を作る職種に就いたはず」

「あ、僕もそうです。自衛隊にも調理の仕事があるって聞いて、それをやりたいと思っています」

「そうでしたか。それなら、海上自衛隊か航空自衛隊がいいでしょうね。陸上自衛隊でも調理は行いますが、陸上自衛隊の場合は、調理の専門職はなくて、持ち回りで調理します。それに、外部に委託して自衛官ではない人が調理にあたっているケースも多いんです」

「そうなんですね。海上自衛隊と航空自衛隊だと、どっちがいいんですか？」

「調理を専門にやるという点では、どちらも同じです。給与や待遇も基本的には変わりません。働きながら調理師の免許を取れますよ。ただ、手当と言って基本的な給与にプラスして支給されるお金は、配属される部隊によって違ってきます。お金を貯めることを一番に考えるなら、海上自衛隊に入って艦艇、船に乗るのが一番ですね」

そう言うと、飛田は少し考え込んでいた。

「船は、酔うかもしれません。車にも酔うので……」

「船酔いする人も、乗っていればすぐに慣れるそうですよ。でも、船が嫌なら航空自衛隊にしておいた方がいいかもしれませんね」

「航空自衛隊でも、手当はもらえるんですか？」

「もちろん貰《もら》えます。給養員で手当が多く付くとなると、離島のレーダーサイト勤務ですね。特地勤務手当というのが付きます。離島じゃなくても、特地勤務手当の付くところは多いですよ」

「離島……ですか」

離島と聞いて、引いた訳ではなさそうだ。よく分かっていないのかもしれなかった。

「北海道の奥尻島《おくしりとう》、新潟の佐渡島《さどがしま》、山口の見島《みしま》、長崎の海栗島《うにしま》と福江島《ふくえじま》、鹿児島の下甑島《しもこしきじま》に沖永良部島《おきのえらぶじま》、それに沖縄の久米島《くめじま》と宮古島《みやこじま》にレーダーサイトがあります。レーダーサイト以外にも、離島に基地があるところもあります。大きな町が近くにないので、町に出て遊ぶのは難しいですが、逆にお金を貯めようと思っているならちょうどいいですよ」

飛田は、更に考え込んでいる様子だった。悩んでいるというより、与えられた情報を消化し切れていないように思えた。ただ情報を与えるだけでは良くないだろう。彼の事を聞いておくことも大切だった。

「飛田君は、どうして就職先に自衛隊を考えるようになったのかな。誰かに勧められた？」

「あ、いえ。映画で戦艦に乗ってるコックの人が戦うやつを見て、調べたら自衛隊にも調理の仕事があるみたいだったから……、でも船は酔うから……」

相馬は、これを先に聞けば良かったと思った。しかし、今彼が求めている情報は与えることができたはずだ。相馬は、自衛官候補生だけでなく、曹候補生向けの資料も渡して一通りの説明をする。

「他に飛田君の方から聞きたいことはないかい？」

彼はしばらく考え込んでいたが「今のところは……」と静かに答えた。相馬は、彼の連絡先などを尋ねると、最後に言った。

「飛田君みたいに、お金を貯めて将来お店を開くためと言って給養員になった先輩が、今どこでどんな様子でいるのか調べてみます。話が聞けそうなら聞いてみて、連絡しますよ」

「あ、はい。お願いします」

そう言うと、飛田はぺこりと頭を下げて、帰って行った。

夕飯作り

「ただいま」

家に帰り着いた飛田は、ダイニングキッチンに入ると、夕食を作っている母親佳枝《よしえ》の背後から声をかけた。細身の飛田から見ても、彼女の後ろ姿は華奢《きゃしゃ》だった。高校に入ってから、飛田の身長が佳枝を超えたせいもあるかもしれない。

「おかえり。行ってきたんでしょ。自衛隊。どうだったの？」

「自衛隊じゃなくて、地方協力本部だよ」

そう答えながら、佳枝の手元を覗《のぞ》く。夕食の準備は、まだ始めたばかりのようだ。パートから帰ってきたところなのだろう。食材を見てメニューを予想する。七センチくらいの小鯵《あじ》と野菜、それに油揚があった。

「南蛮漬けと味噌《みそ》汁？」

「あと、昨日作ったきんぴらね」

飛田の予想は正解だったようだ。小さなことだが、自分の料理に対する識見が上がってきた証拠だ。気をよくして言う。

「着替えて、手伝うよ」

自室に行き、制服から部屋着に着替える。すぐにキッチンに戻って母親と肩を並べた。

「で、どうだったの」

手を動かし始めると、再び佳枝から尋ねられた。

「うん。悪くなさそう」

「そう。でも、智《とも》ちゃんが自衛隊なんて、大丈夫かしら？」

飛田自身も体力には不安があった。佳枝もそのことを心配している。手を動かしながらなので、佳枝の顔は見ていない。それでも声には不安の色が乗っていた。

「それは……わかんないよ。でも、将来店を持ちたくて、そのためのお金を貯めるために自衛隊に入って給養員……調理担当の隊員になった人もいるんだって。その人が、今どこにいるか調べてくれるって言ってた。話を聞かせてもらえるかもしれないって」

「そう。同じように考えている人がいたんなら、参考になるわね。でも、就職じゃなくて専門学校に行ってもいいのよ。自衛隊に入るとしても、その後でもいいんでしょ？」

「うん……」

飛田自身も、調理の専門学校に行くことは考えている。しかし、家計が楽でないことは飛田にも分かっていたし、自分の店を持つという目標に近づくためには、調理の実務を学びながら開店費用を貯めることができるのは魅力的だった。

問題は、今日聞いた話が本当なのか、そして自分が自衛隊に入ってやってゆけるのかどうかだった。地本の広報官は、良くない話はしないだろう。現場にいる人の話を聞きたかった。

映画で見たコックの姿はかっこよかった。戦う姿ではなく、コックとしてかっこよかった。自分が、あんな風になれるとは思っていない。それでも、少しでもあんな風になりたい。飛田は、指で小鰺のワタを抜きながら、自衛官になった自分の姿を夢想していた。

馬場

相馬は、飛田の連絡先や聞き取った情報を定型書類にまとめると、椅子に座ったままのびをした。

「さて、あの子はどうしているかな?」

彼は飛田と同じような要望を持っていた。料理人を目指す者にとって、やはり自分の店を持つというのは憧《あこが》れなのだろう。しかし、たとえ腕を磨いたとしても、開店費用を捻出《ねんしゅつ》するのは容易なことではない。自衛隊の給養は、飲食店とは違う部分も多いだろう。それでも、調理の現場に立ちながら、小さな店なら開けるほどのお金を、たった数年で貯めることができる。自分の店を持ちたいと考える者にとって、自衛隊というのは、特殊ではあるが魅力的な就職先であるはずだった。

「五年か六年くらい前だから、三期目に入ったかどうかくらいか」

相馬は、記憶を掘り起こしながらデータベースを調べた。海空の任期制自衛官は、一任期目が約三年間、以後は二年を一任期として勤務する。一つの任期を勤め上げる毎に、給与の他に満期金が貰えるため、数年で相応な金を貯めようと思う者にとっては魅力的な就職先だ。

『とにかく金を貯めたいんです。どんなに不自由なとこでも構いません。調理をしながら金を貯められる、でも船に乗らずに済むところに行きたいです』

当時、レストランで働いていた馬場《ばば》は、かなり明確でしっかりとした要望を持っていた。さすがにセガールとまでは行かなくとも、飛田と比べれば、体格も遥《はる》かに自衛官っぽかった。

「あった。馬場士長。希望通り佐渡に行って、そのままか。やっぱり三期目だな。使い込んでなきゃ、もう一千万くらいは貯めただろう。千五百万くらい貯めたいって言ってたから、もっと貯めているかもしれないな」

相馬は、馬場の上司、佐渡分屯基地、第四六警戒隊基地業務小隊長に電話をかけた。募集業務への協力を依頼するためだ。正式な基地見学などであれば、もっと上から話を通さなければならない。しかし、ちょっと話を聞かせて欲しいというレベルなら現場調整で問題なかった。

小隊長も「業務に支障のない範囲で対応するように言っておきます」と言ってくれた。その言葉を厚生班長と給養係長に告げて、馬場士長を呼び出してもらう。面倒だが自衛隊は役所だ。こうしたことはきっちりやっておかないと、後で困ることになる。

「電話代わりました。馬場士長です」

声を聞くと、六年前のことであっても記憶が鮮明に甦《よみがえ》る。馬場は、高校の卒業後にレストランで働き始め、入隊してきた時には調理師の資格も持っていた。料理人としてだけではなく、一人の社会人として、受け答えもしっかりしていた。

「U地本の相馬二曹です。覚えてますか？」

「覚えてます。あの時は、お世話になりました」

六年の月日が経過し、いっぱしの自衛官らしくなったことが彼の声からも分かる。

「先ほど、将来店を持つために給養員になりたいと言う高校生が地本に来たんですよ。それで、馬場士長がどうしているかと思ってね」

「自分の店を持つために、バリバリ働いてますよ。調理の現場は思ったよりキツイですが。でも、給養希望で離島希望なんてレアな希望を出しましたから、配置も希望通りにして貰《もら》えました」

「もう、店を開けるくらいには貯まったの？」

「まだ足りないですね。でも、次の満期金を貰えば、目標額には届くと思います」

「がんばってるねぇ」

「ええ。もしかして、何か協力してくれって話ですか？」

「そうそう。もちろん、馬場士長の状況次第だと思ってたんだけど、目標に近づけているのなら、今日来た高校生に話を聞かせてやってもらえないかな？」

「なるほど。給養を希望する高校生なんて貴重ですよね。逃がしたくないってのは分かります」

「逃がしたくないって……まあ、その通りだけどね」

航空自衛隊志望なら、今も昔も航空機に携わる職種の志望が圧倒的多数だ。空自であれば空上《からあ》げと銘打った唐揚げ、海自であれば海軍カレーを使った広報のおかげもあって、昔よりは給養希望者も増えているものの、所要人員数には圧倒的に足りない。そのためもあり、飛田のような高校生は、何とかリクルートしたかった。

「何をすればいいんですか。協力はしても構いませんが、嘘は吐けませんよ」

「いや、嘘は吐かなくていいんです。その高校生は、馬場士長と同じような志望理由だからね。同じような希望を持っていた馬場士長が、現場でどう感じているかを話してもらえないかな？」

「分かりました。そういうことなら……」

『地本の広報官に騙《だま》された』なんて言い方をされることもある。しかし、騙して入隊させるなんて考えている広報官は一人もいない。もちろん、悪い話を積極的に話すことはしないが、実態を正確に伝えようと努力している。しかし、現場には振れ幅がある。あまり状況の良くない現場に配置されてしまった者は、騙されたと思うかもしれない。その逆に、良い現場に配置された者も出てくる。その振れ幅まで含めて、知らせることができれば良いのだろうが、それは難しいことだった。

実態を知ってもらうために、同じような希望を持って入隊した先輩の言葉を聞けることは有益だ。航空機整備のように希望する者が多い職種は、ホームページなどに体験談も多く載せている。飛田と馬場のように、レアな要望を持っている場合は、広報官がケアしなければならなかった。

電話相談

オンラインミーティングシステムがあればベストなのだろう。しかし、自衛隊内にそんな便利なものはない。将官クラスが部隊指揮のために使用するものはあっても、地本が募集のために使えることはない。

だから、相馬が馬場のために準備してくれたことは、飛田の簡単なプロフィールと希望を教えてくれた上に、地本に出向いた飛田と電話をつなげてくれただけだ。

馬場は、給養班の事務室で受話器を持った。昼食の片付け作業を終え、他の勤務者は休憩室で休んでいる。衛生のため、給養員には他の職域の者が入れない休憩スペースがある。基地内でノロウイルスなどの感染者が出ても、それを給養が広めないようにするためだ。

電話は、地本の方をハンズフリーにしてあるという。馬場の声は、飛田だけでなく相馬にも聞こえているはずだった。

「はじめまして。馬場です。階級は士長。新潟県の佐渡島にある第四六警戒隊で給養員をしています」

「飛田です。U市立東高校の三年です」

互いに名前と所属を告げて、話し始める。相馬は馬場のことを話してあると言っていたが、改めて自分の入隊時の状況と動機からだ。

「僕は、料理の道に進みたかったから、高校を出てすぐにスペイン料理のレストランで働き始めました。調理師の免許も取りました。二年くらい働いて、将来は自分の店を開きたいと思ったけど、このまま働き続けても、とても店を開けるほどのお金は貯まらないって良く分かった。僕は、その時になってやっと分かったので、高校生の内からそれが分かっている飛田君はすごいね」

「おじさんがラーメン屋をやっているんです。開店の時の苦労を聞いていたから……」

たぶん、借金をして始めたのだろう。もちろん金融機関から金を借りて店を始める方法はある。しかし、どんなに努力してもうまく行くとは限らない。それに、金を借りるにも実績、つまり実務経験やある程度の元手は必要だ。

「僕は周りに飲食をやっている人がいなくて、とにかく飛び込んだんだ。それで、このままじゃ無理、どこかで料理をやりながらお金を貯められる所はないかなと思って探したら、自衛隊に給養って仕事があるのを見つけた。で、そこにいる相馬さんにも話を聞いて、航空自衛隊に入った。海自もあるし、船に乗ればもっと手当が多くなるって聞いたんだけど、船は苦手だったし、自由時間になっても船の中ってのはやっぱりキツイかなと思って空自にしたんだ」

飛田は高校生だ。料理の道に進みたいという希望は同じでも、状況が違うところがあるのは、話しておかなければならないだろう。一旦《いったん》社会人になった馬場とは、いろいろと違うはずだった。

「入隊の時に職種は決まっていなくて、最初の教育隊での訓練の後に職種が決まるんだけど、給養は希望者が少ないから、希望すれば大丈夫って言われた。教育隊で同期とも話したけど、僕の他に給養を第一希望にしているのは一人しかいなかったよ。僕もその人も給養に行けた。他にも第二、第三希望から給養になった人もいた」

「今でも大丈夫ですか？」

「空上げとかで盛り上げているけど、そこまで希望者は増えてないから大丈夫。辞めちゃう人も多いし……」

電話だから顔が見えない。たぶん、相馬が隣で苦い顔をしているだろう。馬場は、がらんとした事務室の中で、一人苦笑した。

「辞める人が多いんですか？」

「給養を希望していないのに給養員になってしまう人が結構いるからね。そういう人は、やる気もないし、続ける気にならないんだと思う。仕事もキツイしね」

「キツイんですか？」

お金を貯められるという話をするつもりが、先にネガティブな話になってしまった。しかし、聞かれたなら答えなければならない。ただ、おじがラーメン屋をやっていると聞いていたので、話しやすかった。

「おじさんのラーメン屋も、仕込みとか大変でしょ。ラーメン屋だと深夜も営業してるだろうし、食事時に合わせて働かなきゃならないのは自衛隊も同じ。自衛隊の場合、夕食を出してしまえば終わりだけど、その分朝食も出さなけりゃならないからね。給養として働かなけりゃならない時間は長いんだ。でも、飲食店と違って食事を出す時間が決まっているから、途中休憩はしっかり取れるよ」

「そうなんですね」

顔が見えないが、少し安心した様子なのは声色から分かった。

「それに、基地によっても違うけど、シフトを組んでいるから、全員が毎日三食全てを作らなきゃならない訳じゃない。早番は朝食と昼食だけ、遅番は昼食と夕食だけってケースが多いみたいだよ」

シフトの組み方は、基地によってかなり違うらしい。どこに配属されるかで当たり外れがあるのは仕方ない。馬場も他の基地の噂は耳にするものの、実際に見てはいないので細かいことは話せなかった。

しかし、どこでも共通する苦労はある。

「他に大変なことは、肉体的にものすごい重労働だってことかな」

「え⁈」

「驚くことはないんじゃないの？」

飛田は、まだ高校生。バイトくらいはやったことはあるかもしれないが、実際に調理の現場に立ったことはないはずだ。

「普通の飲食店でも、調理は基本立ったままでしょ。腰を落ち着けて調理するなんて無理だからね。だから、どんな店で働いても体はそれなりにキツイよ」

飛田は「あっ」と小さな声を上げていた。

「その上、自衛隊の給養の場合、大量の喫食者が短い時間に一斉に食べに来る。作るものは同じメニューだけど、作る量が半端じゃない。大釜《おおがま》で煮込んでいる料理なんて、シャベル並みのしゃもじを使って、力一杯かき混ぜる必要がある。施設の連中……いや、建設現場で働いている人が、生コンをシャベルでかき混ぜるのよりはマシかもしれないけど、似たような作業を毎日やってるんだ。米を炊くにしたって、計量カップで量るなんてことはしない。一〇キロの米を袋からそのまま炊飯器に入れる。給養は肉体労働なんだよ」

「米を洗うだけでも一苦労しそうですね……」

少し誤解をされてしまったようだ。

「あ、米は洗わなくていい。省力化ってことで、無洗米を買ってもらえてる。そんな便利なものがない昔は、大変だったと思う」

「そうですね」

飛田は、少し怖《お》じ気《け》づいたような声をしていた。ちょっと脅かしてしまったかもしれない。

「でも、学校給食を作っている給食のおばちゃんだって、同じような作業をしていると思うよ。三食作らなくていいだけマシだと思うけど」

飛田は無言だった。顔が見えないと、こういう時は話しにくい。怖じ気づいたままなのか、このくらい当然だと思ってくれたのか分からなかった。何にせよ、もっとポジティブな話をするべきだった。

「いきなり大変だって話をしちゃったけど、でもその分お金は貯められるよ」

そう言うと、飛田は食いついてきた。

「どのくらい貯まりましたか？」

「僕は今までに二回の満期金をもらっているから、それと月給を貯めた分を合わせて、もう貯金は千二百万を超えた。次の満期金を貰《もら》えば千五百万くらいになるはず。お金を貯めるために自衛隊に入ったから、無駄遣いはしてないし、下宿も取ってないからね」

「休みの日は、どうしてるんですか？」

いくら金を使わないように過ごすと言っても、ただボ〜ッと過ごすのは無理だ。何かしらの趣味でもないと、やっていられない。

「僕は料理が好きだし、ここは佐渡だからね。趣味と実益を兼ねて釣りをしてる。最初は、道具も先輩に借りてたけど、さすがに買った。竿《さお》やリールは一回買ってしまえば、凝らなければ何とかなる。その都度買わなきゃならないのは仕掛けと餌だけだから金額は大したことない。で、釣った魚は、自分で料理してるんだ」

「自衛隊の中でも料理はできるんですか？」

「内務班に給湯室はあるけど、大したことはできないね。刺身だったら捌《さば》くだけだから何とかなる。もう少し凝ったものを作ろうと思ったら、先輩の下宿でやらせてもらってる。料理が食べられるから、大抵の先輩は喜んで下宿を貸してくれるよ」

「あまりアウトドアは得意じゃないから、釣りはしないかも……」

馬場以外にも、あまり出歩いたりせず、金を使わずに過ごしている者はいる。金を貯めるつもりの奴もいれば、単に無趣味な奴とか、いろいろだ。

「金のかからないゲームをしてる人もいるかな。後は、走ったりウエイトトレーニングは基地の中でもできるから、休日は運動してるって人もいる……でも、本格的にスポーツをやっている人は、ウエアや器具にかなりお金を使ってるね」

スポーツも、金をかけ出したらキリがない。

普段の業務内容や飛田が一番知りたいであろう金を貯めることについては話した。他に何を話せばいいだろうか。

「他に、何か聞きたいことはある？」

馬場が質問しても、飛田はう～んと唸《うな》っているだけだ。

「災害派遣に出たりしたことはないかな？」

相馬が助け船というか、話題を誘導してくれた。沈黙はつらい。

「僕自身は、この仕事に就いてから近くで大きな災害は起ってないから、災害派遣に行ったことはありません。でも、被災者の支援ってことで、先輩は東日本大震災や中越地震の災害派遣に行ったことがあるって言ってました」

「どんな活動をしてたのかな？」

またしても相馬だ。飛田が災害派遣にどの程度興味を持ってくれたのか分からない。それに、馬場自身、実際に災害派遣に出たことはないので、詳しい話はできなかった。先輩に聞いた話をするだけだ。

「給養員は、災害派遣でも、やっぱり給食支援をすることが多いみたいです。東日本大震災の時は、松島《まつしま》の近くに派遣されたらしいんだけど、被災者が多いし、基地も被害を受けてたから、最初はパック飯をひたすらボイルするだけだったらしいです。あ、パック飯って言うのは、いわゆるミリ飯ってやつ。一つのパックの中に、ご飯とおかずがそれぞれ入っているやつ。パックごとボイルして保温しておけば、温かいご飯が食べられるんだ」

飛田は、自衛隊のことに詳しくなさそうだ。このくらいは話してやらないと分からないだろう。

「ある程度落ち着いてからは、避難所に移動して、野戦釜という持ち運びできる大型の釜で炊き出しをしてたって。被災すると温かいご飯は、何よりうれしいみたい。いろいろ作れないから、ご飯でおにぎりを作って、豚汁を添えただけだったらしいけど、メッチャ喜ばれたって言ってました。中越地震っていう新潟の地震災害の時も、同じような感じだったらしい」

「給養員も、災害の時に活躍するんですね」

飛田も感心しているようだ。いい話ができて良かった。

「他に、何か聞きたいことはある？」

電話口に問いかけてみたが、反応がない。いろいろと聞いて、頭が飽和しているかもしれなかった。相馬から、こんな所だろうと返ってくる。

「給養を目指す人は少ないから、入ってきてくれるとうれしいよ。でも、さっき話したみたいに、結構大変だから、覚悟を持って来て欲しい」

馬場がそう言うと、飛田は「分かりました」と答えてくれた。思いの外、しっかりした声だった。ちょっと厳しいことも言ったかもしれないが、悪い感触ではなかったようなのでホッとした。

相馬が「ありがとう。後でまた連絡します」と言ってくると、電話が切れた。

三〇分ほど経った後、そろそろ夕食に向けた作業が始まるところで、相馬から電話がかかってくる。

「さっきはありがとう。仕事がキツイというのはイメージしてなかったみたいで、ちょっと尻込《しりご》みしてた感じもするけれど、そう甘く考えられても困るからね。実態を知ってもらえて良かったと思うよ」

「それなら良かったです。ちょっと厳しい話をしすぎたかなって思ってました」

正直、給養は空自の職種として人気があるとは言いがたい。後輩を作る仕事に協力できたのならうれしかった。

「もうちょっと美味《おい》しい話でもしてくれよ、とは思ったけどね。でも、募集業務に協力してくれて、ホント助かりました。部隊も大変だと思うけど、地本は本当に大変なんだから」

「そうみたいですね」

募集がうまく行かないと、充足率が下がり、結果的に部隊もキツくなる。少子化もあり、募集が大変になっているというのは、現場にも聞こえてきていた。

「ところで、最近の調子はどうかな。士長としても、そろそろ古手でしょう？」

「内務班では、まだ古手とは言えません。でも給養班では、先輩が辞めてしまったり三曹昇任したりしたので、確かに古い方になりました。おかげで、今度作る新メニューのテストを任せてもらえることになったんです！」

馬場にとっては、ちょっとした自慢話だった。

「新メニューって、何を作るの？」

「本格海鮮パエリアです！」

「パエリア？　結構あちこちの基地や駐屯地でメニューになってるよね？」

「いえ、あんなのパエリアじゃありませんよ！」

馬場にとって、ここは譲れないところだった。

「他の基地、っていうかここでもパエリアっていうメニューはありますけど、あれはパエリア風炊き込みご飯です。具や味付けはパエリアでも、作り方は炊き込みご飯なんですよ」

「パエリアって、イタリアだっけ？　の炊き込みご飯だよね？」

「チガイマス！」

ここにも分かってない人がいた。さすがに給養員は知っていたが、内務班で話しても、パエリアが何であるか知っている人はほとんどいなかった。

「パエリアは、スペイン料理です。それに、炊き込みご飯じゃありません。調理方法が違いますし、使う器具だって違うんです。基地で作るには、手がかかって大変過ぎるから、具と味付けだけパエリア風にした炊き込みご飯として作ってるんです。僕が作りたいのは、本格パエリアなんです」

「そうなんだ。大変なの？」

「ええ、大変です。だから、僕も最初は無理だと思ってたんですけど、六年経験してできること、できないことが分かって来ました。だから、工夫したり、他の人にも手伝ってもらえばなんとかなるんじゃないかと思ったんです。それで、新メニューを作るって事になった時に言ったら、試験的に挑戦してみようってことになったんです。パエリアって言ったら、普通は主食ですけど、テストでは、僕が作れる量で作って、小鉢で出すことになりました。給養も競技会があったりして、各基地で新メニューの考案にも力を入れているんです！」

「あのさ……」

なぜか相馬はガックリきたような声を出していた。前向きにがんばっている話をしたはずだったが、落ち込んだような、疲れたような声だった。

「なんで、そういう話をしてくれないかなぁ」

「あ……なるほど。この話をすれば良かったんですかね。でも、これからやる事だから、思いつきませんでした」

「そうか……でも、そうしたらそのテストの取り組みを動画で撮影しておいてもらえないかな。ある程度経験を積めば、こういうこともやらせてもらえるんだっていう実例として飛田君に見せてやりたいと思うんだ」

「分かりました、係長に相談してみます」

「あ、私の方から給養係長と厚生班長にお願いするよ。小隊長にも話した方がいいかな？」

「いえ、大した話じゃないから、僕から係長に話すだけで大丈夫だと思います。もしダメだったら電話します」

「分かった。よろしくお願いするよ」

馬場は、受話器を置いて反省した。飛田は、お金を貯めるという目標を持っていると聞いていたので、その方向でばかり話した。しかし、やりがいをアピールするのは普通のことだ。パエリアにチャレンジする話をすれば良かった。

動画を撮るだけなら手はかからない。後輩の誰かを撮影係にして、ビデオカメラを持たせればいいだけだ。

「よし、やろう！」

パエリア

馬場が奮闘する様子を収めた動画は、一ヶ月ほどして届いた。部隊としては努力した結果なのだろう。しかし、広報官の目線で見ると、とてもそのまま飛田に見せられるようなものではなかった。

動画を一通り確認し、相馬自身が見て分からなかった点や飛田が抱きそうな疑問を馬場に電話して確認する。その上で飛田に連絡し、彼の自宅にノートパソコンを抱えて訪問した。

地本に相談に来る学生が、両親に自衛隊への就職を考えていることを話していると は限らないので、訪問や連絡時は要注意だ。飛田からは、最初に地本に来たときに、連絡や訪問も問題ないと聞いていた。

飛田の家は、U市郊外にある戸建てだった。

「はじめまして。自衛隊U地方協力本部で広報官をしております相馬と申します」

家に居た母親の佳枝に挨拶《あいさつ》して上がらせてもらう。一目見て、飛田の線の細さは母親似だと分かった。

飛田の両親は、父親がサラリーマン、母親はパートで働いているという一般的な家庭だった。料理好きは母親の影響らしい。息子が自衛隊を志望すると聞いて、驚いてはいたが反対はしていないという。

リビングに案内され、ノートパソコンを開いて準備した。向かいに飛田自身と佳枝が並んで座っている。

「電話で話したとおり、馬場士長が新メニュー開発のためにやったことを撮影してもらいました。最初は、材料が準備できるかの検討だそうです」

動画の中で、馬場がホワイトボードに必要な材料を書き出していた。同僚の給養員や栄養士が検討に加わっている。調味料は問題ないものの、難点はやはり海鮮だった。

『結構な量になるな。問題は値段だよ。多少の調整はできるけど、糧食費は決まってる。それだけの海鮮を入れるとなると、予算オーバーになるだろ。何とか減らせないか？』

『でも、本格パエリアなんですから、海鮮はケチりたくありません』

そう主張する馬場に、賛同する声もあった。

『確かにそれは言える。冷凍のイカやアサリばっかりじゃ様にならないよ。町だって、豊富な海鮮で旅行客を集めようとしているんだ。佐渡分屯基地の看板メニューになるかもしれないんだから、海鮮はできるだけ多くしようよ』

相馬は、ここで一旦《いったん》動画を止めた。

「お金の問題は、この時の検討だけでは解決しなかったそうです。海鮮はできるだけ多くしたいってことだけ決めて、厚生班長が上に掛け合って、調達、つまり食材の買い付けで工夫してもらうことにしたそうです」

「どうやったんですか？」

「佐渡は島だからね。海鮮自体は豊富に取れる。たくさん取れた時に、まとめて買うように、うまく調整してもらったらしいよ。給養だけじゃなくて、他の部署にもがんばってもらったってことらしい。それに、より安く買うために、貝は巻き貝をそのまま買ってきて、給養で処理することにしたんだって」

「巻き貝って、そのままパエリアに入れるんじゃないですよね。すごく大変じゃないですか？」

「レストランで出されるパエリアで良く見るのはムール貝だけど、大きめの二枚貝だから、あれならそのまま入れても身も食べ易いよね。でも適当な二枚貝は手に入らなかったのかな。巻き貝をどう処理したかは、後の動画で出てくるよ」

　そう言って、相馬は動画を再開させる。本格パエリアメニュー化の会議は、調理方法と調理器具の話になっていた。馬場が調理方法を説明している。

『イカと野菜を最初に炒《いた》めます。そこにホールトマトかトマトペーストを入れて煮詰めます。次にエビや貝などイカ以外の海鮮と調味料を入れ煮立たせます。その上で、海鮮を取り出してから、洗わずに米を入れ、また煮詰めます』

『また煮詰めるのかよ。大変だぞ』

『はい。でもこうしないと他の基地と同じパエリア風炊き込みご飯になってしまいます』

『焦げ付かせないようにかき混ぜるのは言い出しっぺがやるとして……』

　映像の中で、馬場に注目が集まっていた。馬場は、口元を引き締め、神妙な顔をしながら肯《うなず》いていた。

『大鍋《おおなべ》じゃ水分を飛ばすのが大変だろう』

　その言葉に馬場が再び肯いて言う。

『本来は、パエリアパンという浅めのフライパンを使います。確かに鍋では難しいと思います。何か、いい方法はないですか？』

『鍋で強引にやろうとしたら火力を上げることになる。イカと野菜だけならいいが、米も投入した後じゃ、あっという間に焦げ付きそうだな』

『鉄板じゃだめか？』

『鉄板じゃ、米が浸りきらないだろ』

　馬場の先輩給養員が意見を言い合っていた。

『今ある調理器具じゃ問題がありそうだ。施設や輸送に相談してみて、ダメなら上に掛け合ってもらうしかなさそうだな』

　最終的に、給養係長がとりあえずの結論を出したところで、検討の動画は終わった。

「事前検討を行った時の動画は、これで終わり。飛行機のいる基地だと、部隊内に金属加工をする整備の部隊があるらしいから、そこにお願いするってこともできたんだと思う。馬場士長のいる佐渡分屯基地だと、そこまでできる部隊がなかったみたい。でも、車の修理用として溶接機はあったみたいで、なんとか自作したらしい。歪《ゆが》んでいて使いにくいけど、試験的に使うだけだから、それで良しとしたって話です」

「なんとかパエリアパンができたんですね」

「パエリアパンって言うと、ちょっと違うかも。この後の動画に出てくるけど、正方形に切った鉄板の四辺を折り曲げて、角を溶接しただけっていう代物だよ。折り曲げる時に底の部分も曲がってしまって、全体として歪んでしまったらしい。うまくゆけば、もっとしっかりとしたものを作るつもりだろうね」

飛田は目をしばたたきながら「なるほど」と呟《つぶや》いていた。現場では、結構いろいろな努力をしているものだ。相馬にはありがちなことに見えても、飛田には驚きなのだろう。

「じゃあ、次はいよいよ調理の動画だよ。最初は、例の巻き貝の下処理だね」

相馬は、そう言って次の動画をスタートさせた。映っていたのは豪快な調理方法だった。馬場も含めた三人の給養員が、ハンマーで貝を叩《たた》き割っていた。飛田以上に、佳枝が目を丸くしている。

「これが、一番手っ取り早いってことらしい。叩き割った貝を水を張ったボウルに入れて、殻を洗い流して身だけ取り出したんだって」

調理台の上で、ガンガンと激しい音を鳴らしながら、次々と貝を潰《つぶ》していた。その動画自体は、二分ほどで終了した。何せ、ハンマーを振り下ろしているだけだ。迫力はあるが、面白みはない。

「貝の下処理はこれで終わり。次は、例のパエリアパンが出てきます」

相馬は、パソコン上で次の映像をスタートさせる。映像の中で、馬場が鉄板を加工した代用巨大パエリアパンの上に、輪切りにしたイカと野菜を投入していた。かき混ぜるしゃもじも巨大だ。

炒めている内はまだ良かったが、業務用の大きなトマトペースト缶が投入されると、湯気がもうもうと立ちこめた。カメラが、湯気をさけて後ろに下がっている。マスクや帽子のせいで、馬場の顔はよく見えなかったが、真っ赤な顔をしているのが分かった。

動画を流しながら、飛田の表情を覗《うかが》う。普通のキッチンとは違う迫力のある現場に驚いているようだ。それでも、料理が好きだと言っていたとおり、画面を見つめる目は輝いていた。

「うわぁ」

馬場が投入しようとした海鮮を見て、飛田が声を上げた。

「すごいよね。基地の給養で、これだけのシーフードを入れているっていうのは、なかなかだと思うよ。コストの関係で、冷凍も混ぜたみたいだけど、例の巻き貝なんかは新鮮な地元産だからね」

「結構贅沢《ぜいたく》ですね」

自衛隊の給養で、ここまでのものを作るとは思っていなかったのだろう。驚いているようだった。

十分煮えたところで、馬場は大きな具材を取り出し始めた。エビは頭を潰してエキスを絞り出している。そこに生米を振り入れる。ぶつぶつと泡が立ち、またしても湯気で画面が覆われる。白く霞《かす》んだ画面の先で、馬場が一心不乱にしゃもじを使ってかき混ぜていた。今度は米が入っているため、しゃもじを握る両手に力が入っていることが分かる。

「本当に、重労働ですね」

画面を見つめたまま飛田が呟く。言葉とは裏腹に、その声は明るかった。馬場の真剣さ、美味《おい》しい料理を作ろうとする意気込みが見えたようだ。

うまみをしっかりと吸い込ませたご飯が炊きあがると、馬場は手をとめた。

『お焦げを作った方が美味しいので、三分ほどこのままにしてから火を止めます』

画面が切り替わり、巨大パエリアパンから、小鉢によそっているシーンが映された。続いて、それを食べている隊員の様子が流れる。『これ旨《うま》いよ』と言っている隊員の声が入っていた。そこで映像は終わっていた。

「見ただけで、美味しそうだって分かったと思うけど、やっぱり好評だったそうだよ。ただ、課題も見えたって言ってました」

「課題ですか？」

相馬は、肯いて答えた。

「これは、普通のレストランと違う部分だと思うけど、多くの隊員が一斉に食べに来ると言っても、自衛隊の場合、持ち場を離れられない隊員もいる。早く食べに来る隊員もいれば、遅く食べに来る隊員もいる」

それを聞いただけで、飛田は肯いていた。

「パエリアは、やっぱり炊きたての熱々が美味しい。テストだから小鉢で出したけど、メインで出す時は、米を入れる前までを下ごしらえとして作って、米を入れる段階から、何度にも分けて炊いた方がいいんじゃないかって話しているらしいよ」

「そういう工夫もいるんですね」

「馬場士長は、自衛隊を辞めて、自分の店を出す時のためにも参考になったって言ってたよ」

「これがですか？　お店とは、だいぶ違いそうですけど……」

「作り方や調理器具は違うけど、新しいメニューを作る時の考え方の参考になるってことらしい。お店で出す時だって、材料のコストや調理時間と提供の方法を考えなけりゃならない。どこまで下ごしらえをしておくかってようなことも考えなきゃならない。それを、自分が中心になって考えたことが、将来役に立つかもしれないって言ってたね」

「なるほど。そうかもしれないですね」

これを見て、飛田が自衛隊入隊の意志を固めてくれたかどうかは分からない。それでも、確実に良い影響を与えられたはずだ。相馬は、調理場面の映像をもう一度再生する。画面を見つめる飛田の目は真剣だった。飛田の様子をうかがっていると、言い忘れていたことを思い出した。

「そうそう。パエリアパンは、佐渡の部隊の上級部隊がある入間《いるま》基地で、もっと使いやすそうな形のものを作ってくれることになったらしいよ。パエリアが好評だったから、調整したらしいね。自衛隊も、結構いろんなことができるんだよ」

飛田は、画面に目を奪われたまま、肯《うなず》いていた。

馬場の将来

地本に戻ってくると、相馬は佐渡の馬場に電話をかけた。少なくとも、いい反応が得られた。礼を言っておかなければならない。夕食の調理は一区切りついた所だったらしく、電話口に呼んでもらえた。

「U地本の相馬です。例の動画を見せてきました」

「どうでしたか？」

「上々とまでは言えないかもしれませんが、いい反応でした。たぶん、前向きに考えてくれると思います」

「それなら良かった。本当に人が足りないんです。佐渡に送り込んでください」

入隊した隊員をどこの基地に配属させるのかは、基本的に陸海空各自衛隊が決めることで、地本が口を出せることではない。そんなことは、古手士長の馬場にも十分に分かっている。彼の言葉は冗談だった。しかし、前半の言葉は冗談ではないはずだ。給養という特技の上でも、そして離島という点でも、希望者は少ないはずだ。現場は本当に苦しいのだろう。

しかし、馬場は、三期か四期勤めたら退職して、自分の店を開くと明確に考えていた。相馬は、そのことを知っていたし、馬場の言葉が冗談めいた軽いものだったから、軽く言葉を返した。

「人が足りないって分かっているなら、三曹昇任試験を受けて、自衛隊に残ってくれたって良いんだよ。自衛隊は若年定年制なんだから、定年になってから自分の店を開く道だってあるんだから」

「まあ、そうですよね……」

軽く言った言葉に、軽口は返ってこなかった。

「あれ、どうしたの？　もしかして、本気で昇任を考えてるの？」

相馬は、次の満期で退職するなら援護課に話をしてやろうと思っていた。金が貯まったとは言え、自衛隊に居ては開店準備ができるはずもない。一旦《いったん》は、どこかに就職するはずだった。馬場のように、明確な方向を持っている隊員は、地本が手伝わなくても大抵は自分で就職先を見つけることが多い。それでも、地域に密着している地本の広報官は、募集はしていないものの人手が足りない飲食店の情報を持っていることもある。

「実は、悩んでいるところなんです……」

「どうしたの？　もちろん曹昇任を目指してくれるなら、ありがたいことだから大歓迎だけど、何か困りごとなら相談にも乗れるよ」

部隊に配属された隊員のケアは、地本の仕事ではない。それでも、〝情〟に訴えて募集活動をすることも多い。逆に、広報官としても〝情〟が移ってしまうのだった。

「困っている訳じゃないんですが……」

確かに、声色は困っている様子ではなかった。何やら照れのようなものが、彼の言葉から聞こえたような気がした。

「実は、結婚を考えてまして……」

「それはおめでとう。もしかして、そっちの人？」

配属になった先で結婚し、そこに居着いてしまうというパターンは多い。店を持つという予定も変更するとなれば、そんなパターンかもしれなかった。

「はい。先日、飛田君と話した時にも触れた話ですが、休日の金のかからない遊びとして釣りをしてたんです。入れ込んでいるわけじゃないので、道具はほとんど買わないんですけど、餌は毎回買います。それに釣れすぎた時なんかは、持って帰っても困るので釣具屋にお裾分《すそわ》けしてたんです。そんなこんなで、釣具屋の子、娘さんなんですけど、と仲良くなってしまって」

「なるほど。結婚するなら、安定していた方がいいってことか」

「ええ。結婚して子供ができることを考えたら、店を持つのは先にした方がいいかもしれないって考えているところなんです。元手は貯めてますから、うまく行かなくても借金を抱えることにはならないと思うんですが、大変なのは間違いないですから」

「それに、場所のこともあるんじゃない？」

「はい。彼女は、佐渡生まれの佐渡育ちですが、店を開くとしたらU県か東京や大阪といった都市部になると思います。知らない土地で、子育てすることになりますが、たぶん僕は店のことで手一杯になりそうだと思うんです」

「そうだろうね。飲食店だと、当然夜も遅くなりそうだし」

「はい。だから、少なくとも子供がある程度手がかからなくなるまでは、自衛隊にお世話になることも考えているところなんです」

そういうことなら、相馬が手を貸す必要もない。そしてなにより、自分が入隊に関わった少年、それも、あくまで満期退職を考えて自衛隊に入ってきてくれた少年が、曹昇任して長く自衛隊に勤めてくれるならば、広報官として、これほどうれしいことはなかった。

「そうか。じゃあ、結論が出たら教えてよ。退職するなら援護にも話してやるし、続けてくれるならうれしいからね」

相馬は、静かに電話を切ると立ち上がった。

「よ〜し、俺も頑張るか」

「ただいま」

家に帰った飛田は、まっすぐにダイニングキッチンに入り、佳枝の後ろ姿に声をかけた。

「おかえり。志願書類は、出してきたの？」

「うん。それに、前にここに来てくれた相馬さんがいて、少し話してきた」

「そう。なんて言ってた？」

飛田は、佳枝の質問に答える前に、彼女の手元を覗《のぞ》き込む。

「コロッケかな。手伝うよ」

そう言って着替えてくると、佳枝の横に並ぶ。

「相馬さんに声をかけたら、たぶん休憩中だろうからって言って、動画を撮ってくれた佐渡島の給養の人に電話してくれたんだ」

丁寧に手を洗い、力仕事の芋つぶしを佳枝から代わる。華奢《きゃしゃ》な佳枝の力では、作業がはかどらない。

「あの、芋煮会みたいな映像でパエリアを作ってた人？」

芋煮会という表現に、飛田の頬が緩む。確かに、巨大パエリアパンを櫂《かい》にもなりそうなしゃもじでかき混ぜている映像は、芋煮会に似ていたかもしれない。

「そう、あの人。僕が自衛官候補生を受けるって言ったら、喜んでくれてた。『後輩になるな』って。その内、どこかの基地で一緒に働くことになるかもしれないよ」

「あら。でもあの人は、もうそろそろ辞めるはずって言ってなかった？」

佳枝は、慣れた手つきで挽肉《ひきにく》を混ぜたマッシュポテトを成形していた。飛田は、その手つきを見ながら、ポテトマッシャーに力を入れる。飛田家では、コロッケはおかずではなく主食な上、冷凍してお弁当のおかずにもなるため、一度に大量に作るのだ。

「そうなんだけど、少し予定が変わって、もうしばらくは自衛隊にいるつもりなんだって。結婚するらしいよ。店を持つのは、子供が少し大きくなってからにするんだって」

「小さな子供を抱えて飲食店は大変だものね。兄さんも苦労してたもの」

佳枝の兄は、ラーメン屋をやっている伯父《おじ》だ。飛田自身は、その大変だった時期を目にしていないが、苦労した話は何度も聞かされた。

「うん。僕も将来はどうなるか分からないけど、とりあえずは、格好いい給養員を目指すよ」

「格好いい給養員って、あの映画のコックみたいになりたいの？」

佳枝の問いに絶句してしまった。セガールに憧《あこが》れたことは、彼女に話したことがなかったからだ。それでも、見透かされていたのかもしれない。

「ち、違うよ」

慌てて否定したものの、舌をかんでしまった。

「動画の馬場さんが格好いいと思ったんだ。自分の考えたメニューを実現するために頑張っているところが格好良かったんだ」

それは、飛田の本心だった。マッシャーを握る手に力を入れる。横目で佳枝を見ると、彼女は無言で微笑んでいた。

3話　ラインとドック

新規開拓

　地本の朝も、陸海空自衛隊と同じく朝礼から始まる。とは言え、部隊のような朝礼場やその代わりとなる駐車場はない。合同庁舎の駐車場はあっても、そこを地本が占拠していたらひんしゅくものだ。結果的に、朝礼は各自のデスクで行う。立ち上がって敬礼するのも最初だけだ。着席したまま、日々の指導事項を伝達される。

　朝礼が終了すると、直ぐさま外に出かけて行く者もいる。さわやか笑顔をトレードマークとする江戸《えと》三等空曹も、その一人だった。アポイントをとってある企業に向かうため、カバンをもって立ち上がる。そこを、課長の所《ところ》三等海佐に呼び止められた。

「江戸三曹、ちょっといいか？」

「はい」

着任当初は緊張させられた見慣れない制服にも、やっと慣れた。それでも、呼び止められれば話は別だ。江戸は、心の中で身構えながら所の正面に立つ。顔立ちは穏やかなのだが、外見とは裏腹に、なかなか厳しい上官だった。

「新規の件は、どんな調子だ？」

江戸は新規開拓を命じられていた。と言っても仕事は物品販売業の営業ではない。ただし、地方協力本部援護課の業務は、退職する自衛官の就職斡旋《あっせん》。だから、人材紹介業の営業と言えなくもない。

過去に退職自衛官を採用してくれた企業にリピートを打診するだけでなく、新たに採用してくれる企業を新規に探すことも必要だった。

もちろん、他の課員も新規開拓を命じられている。ただ江戸は、特に力を入れて新規開拓を行うように命じられていた。理由は簡単。他の課員がやりたがらないのだ。

「どうして私なんでしょうか。ベテランの方の方が向いていると思います」

地本への着任後、新規開拓を命じられた時にそう返答したら所に驚かれた。空自では普通でも、陸や海では、NGな言い方だったのかもしれない。部隊を出る時にも気をつけるように言われていたものの、何がNGになるのかなんて分からなかった。

それでも、所は渋い顔をしながら教えてくれた。

「援護というと、定年退官者の援護が主だと思っているかもしれないが、近年は任期制隊員の満期退職後援護にも力を入れている。満期退職しても就職の口がないとなれば、任期制自衛官、採用区分としては自衛官候補生の募集が厳しくなる……というのは本音でもあるのだが建前でもある」

妙な言い回しに面食らう。建前でもあるが本音でもある、というならまだ分かる。所の言葉は逆だった。やはり満期退職者の援護は建前であって、この理由の他に、もっと言いにくい別の本音があるに違いなかった。

「実は、新規開拓を積極的にやってくれる者が少なくてな。それが、江戸三曹にうちに来てもらった理由でもあるんだ」

江戸は、心の内で『あぁぁ』と叫んだ。江戸は、高校卒業後、一旦《いったん》U県内の企業に就職している。もともと飛行機が好きだったこともあるが、そこでの仕事が嫌になって自衛隊に入った。その嫌になった仕事こそ、飛び込みがメインの営業職だったのだ。営業、それも飛び込み営業が嫌で自衛隊に入ったのに、その経験を買われて援護課に引っ張られたようだった。思わず歪《ゆが》んでしまう表情筋を必死で抑えた。

とは言え、せっかく三曹にも昇任した。地本で三年頑張れば、部隊に戻してもらえる話になっている。やれるだけはやってみた。が、なかなか芳しくはなかった。目の前で神妙な顔をしている所に告げる。

「話を聞いてくれる企業はありました。今のところ可能性がゼロではないって言えるのが三社くらいでしょうか」

「三社見つけてきただけでも大したもんだ。これからも期待している」

江戸は、これで話は終わりかとホッとした。

「でだ、先日報告にあった、ゼンダ工業というのは、その三社に入っているのか？」

どうやら、続きがあるようだ。

「はい。人事の担当者だけでなく、社長も話を聞いてくれました。先方の希望に合いそうな人を紹介できれば、乗り気になってくれるかもしれません」

「そうか」

江戸が答えると、所はおもむろに援護希望者の資料を差し出してきた。

「職種の先輩になるんだろうが、直接は知らないかもしれないな。基地が違う。それでも、どんなスキルを持っているかは想像できるだろう。ゼンダ工業さんに紹介してみてくれ」

そのファイルの氏名欄には、蓮沼《はすぬま》一曹とあった。確かに知らない名前だった。千歳基地の第二航空団。異動前の江戸と同じく、整備補給群の検査隊所属だった。ベテランの航空機整備員だろう。故障原因の探求や機器異常が発生する前にその兆候を見つけることに関しては、高い技量があるはずだ。

「分かりました。ゼンダ工業さんが使っている特殊プラントの維持管理には向いているかもしれません」

ゼンダ工業は、特殊な化学薬品を作っている企業だ。需要が少なく、大手が手を出さない、いわゆるニッチ製品を作っていると聞いていた。説明してくれた社長の伊豆《いず》山《やま》によると、製造用のプラントは特注で、他に同種の生産設備は国内にないということだった。その維持管理には手探りの部分も多いらしい。

江戸は、出かける前に自分の席に戻り、受話器を手にした。

航空機整備員

蓮沼一等空曹の勤務地は、航空自衛隊千歳基地だ。基地は滑走路の北西側にあり、滑走路を挟んで反対側、南東にある新千歳空港《しんちとせ》のターミナルビルを日常的に目にしていた。

蓮沼は、その新千歳空港から羽田《はねだ》に飛び、新幹線に乗ってU市までやって来ていた。実家はU市から離れているため、昨日は市内のホテルに宿泊し、今日、ゼンダ工業の見学と面接に向かう予定になっている。

直接、ゼンダ工業に向かわなければならないと思っていたところ、紹介してくれたU地本の担当者が同行してくれるという。面倒にも感じたが、心強くもあった。長らく自衛隊の飯を食っていると、娑婆《しゃば》になじめるか不安になる。慣れないスーツを着込んでいることもあって、どうにも落ち着かなかった。

蓮沼は、もう三〇年以上も昔、今は地方協力本部となっている地方連絡本部に来たことはあった。彼の記憶では、場所も既に定かではなかったが、目の前にそびえる合同庁舎とは似ても似つかないボロビルだったことだけは覚えていた。合同庁舎の一階が地本だった。まっすぐに援護課に向かう。

「はじめまして。U地本援護課の江戸三曹です」

地本の担当者は、まだ年若い三等空曹だった。蓮沼は、挨拶《あいさつ》を返すと意外に思ったことを告げた。

「地本、それも援護に三曹がいるとは思わなかった」

「私も、こんな配置になるとは思いませんでした。ただ、募集の方はそれほど珍しくもありません。年代が近い方が話しやすいってこともありますから。女性自衛官が配置されているのも、同じ理由らしいです」

そう言うと、江戸はさっそく車に向かった。ゼンダ工業について、資料はもらっているものの、道すがら車内で話してくれるという。ありがたいと思いながら、江戸三曹に付いて車に乗り込む。二桁《けた》プラス四桁の数字だけが書かれたナンバープレートが特殊なだけで、至って普通のステーションワゴンだ。

「わざわざ送ってもらえるのは助かります。ありがとう」

蓮沼が改めて礼を口にすると、江戸は肯《うなず》きながら言った。

「普通はしません。実は、ゼンダ工業さんは、まだ退職自衛官を取っていただいた実績がないんです。今日は、面接だけじゃなく工場を見せてくれるというお話だったので、どんな風に見学させてもらえるのか、拝見させてもらおうと思ったんです。ついでにお送りしているだけです」

「なるほど。普通はここまでしないでしょうね」

そう返しながら、蓮沼は江戸の存在がプレッシャーに思えてきた。地本としては、何とか蓮沼を送り込み、その実績をもって他の退職自衛官もゼンダ工業に迎えてもらおうと考えているに違いない。

「ゼンダ工業さんの業態とかは、事前にお知らせしたとおりです。工場自体は私も以前に見せてもらいました。社長は『これも特注なんです』って自慢してました。特殊な機械の保守管理に対応できるベテラン技術者が欲しいんだと思います」

「知ってのとおり、私は航空機のことしか分からない。正直、そんな特殊な機械の面倒を見られる自信はないんだが……」

蓮沼がそう答えると、江戸はなぜか肯いた。

「実は、私も航空機整備員なんです。だから気持ちは分かります。私も、ここで援護の仕事をするまでは同じように思ってました。自衛隊の整備をしていたからって、民間で使う機械のことが分かるんだろうかって。でも、いろんな企業を見せてもらい、そこで活躍している退職自衛官を見て、改めて自衛隊って凄《すご》いんだなと思いました」

そうだろうかと訝《いぶか》しんだ。時折接触することのあった航空機メーカーの技術者の方が、遥《はる》かに高いレベルにいることは、嫌でも分かっている。

「技量が？」

「技量というか……」

江戸は、車を運転しながら、ゆっくりと語ってくれた。

「自衛隊って、ちゃんとしてるんです。民間って、儲《もう》けなきゃいけないから常に時間やコストを気にしてます。その結果というか、自衛隊感覚だとちょっとルーズに見えるところがあります。まあ、自衛隊が必要以上にしっかりしているのかもしれません」

「そんなものかな?」

言葉では理解できたが、江戸の言葉が本当だとは思えなかった。

「う〜ん。何と言えばいいんでしょうか。蓮沼一曹にわかりやすく言えば、民間って米軍の航空機整備なんです」

「そういうことか……」

米軍の航空機と言われて理解できた。米軍機は見るからに汚い。エンジン排気に混じる煤《すす》で機体全体がくすみ、オイルのにじみがそこかしこに見られる。その外見は、機体内部の整備状況にも通じる。アメリカ人の車に対する感覚と同じなのだ。使えればいい。

対して、自衛隊の整備は、完璧《かんぺき》を追求し外観はピカピカになるまで磨き上げる。これは、姿勢の問題だったが、それが結果として装備の高可動率につながっている。

自衛隊と民間の違いは、航空機整備員二人の間では、自衛隊と米軍機と言うだけで通じていた。

「もちろん、各企業が使用している機械については覚えることが多いと思います。でも、どんな現象が原因で、どんな故障が起りうるのか、どんな兆候がでるのかというようなことでは、経験が活《い》きることが多いみたいです」

江戸は、可能性があると思っているようだ。彼の言いたいことも理解できた。それでも、蓮沼は不安だった。

「期待してくれているのは分かった。が……ここ数年は総括勤務で、現場からも遠ざかっていた。期待に応《こた》えられるのか……」

大抵の部隊には総括と呼ばれる部署がある。総務的な事務処理を行っているが、民間で言う総務とは違う。雑用係ではなく、企画運営プラス総務事務なのだ。

「ベテランだからこその総括じゃないですか」

当然、隊務全般が分かっていなければ総括は勤まらない。しかし、蓮沼は自信なく答えた。

「ベテランと言えば聞こえはいいが、悪く言えばロートルだ。現場で使えないから、総括に追いやられたようなものさ」

向く。

蓮沼は、自嘲《じちょう》を込めて呟《つぶや》いた。江戸は、一瞬だけ視線をよこしたが、すぐに正面を向く。

「そんなことはないと思いますが……」

江戸の励ましは、心の空洞には響かなかった。同じ航空機整備員だというが、そもそも年代が違う。それに、部隊や機種も違うのか、彼には理解できないのかもしれなかった。蓮沼は「以前の部隊は？」と問いかけた。

「松島です」

「なるほど。Ｆ－２か……やはり、少し状況が違うかもしれないな」

蓮沼はＦ－15の整備員だ。それに、やはり年齢の違いが大きいはずだ。

「状況……ですか？」

「ああ、俺は今も千歳だが、最初の配属も千歳だったんだ。当時、もうＭＳＩＰ機が入り始めていたが、千歳はＦ－15への転換が早かったからＰｒｅ－ＭＳＩＰが多かった」

江戸も整備員だと聞き、具体的な話題も話しやすくなった。日本が運用するＦ－15には、事実上二つの機種がある。Ｐｒｅ－ＭＳＩＰ機と呼ばれる機体とＪ－ＭＳＩＰと呼ばれる機体だ。

「かなり違うみたいですね」

　Ｆ－15の導入初期、一九八一年から一九八四年までに納入された機体がＰｒｅ－ＭＳＩＰ機、その後に導入された機体がＪ－ＭＳＩＰ機だ。航空自衛隊は、約二百機のＦ－15を運用している。その約半数、百機弱がＰｒｅ－ＭＳＩＰ機、残り半数ほどがＪ－ＭＳＩＰ機となっている。

「もともとは、それほど違っていたわけじゃない。だが、その後の改修はＪ－ＭＳＩＰ機ばかりだからな。今では相当に違っちまってる」

　能力向上の改修が行われる場合、普通だったら陳腐化が激しい古い機体から行われる。ところが、Ｆ－15の改修は、比較的新しく能力も高いＪ－ＭＳＩＰ機に対して行われた。Ｐｒｅ－ＭＳＩＰ機は、データバスを中心とした搭載機器の接続仕様が古すぎ、改修を行う場合は、それら全てを改修しなければならなくなるため、膨大な費用がかかってしまうためだった。

　その結果、各部が古いままのＰｒｅ－ＭＳＩＰ機と、改修が繰り返されアップデートが続けられてきたＪ－ＭＳＩＰ機には、外見が似ていても相当の違いができてしまった。

「その後に異動もしているし、Ｊ－ＭＳＩＰ機の整備だってできる。それでも、最初に覚えたのはＰｒｅ－ＭＳＩＰ機だった。そして、今では千歳にもＪ－ＭＳＩＰ機が多く入っている。そのＪ－ＭＳＩＰ機は、徐々に能力向上改修を受けたが、それと同時にライン＆ドックも進んだ」

蓮沼が自嘲的に言うロートル扱いは、Ｐｒｅ－ＭＳＩＰ機とＪ－ＭＳＩＰ機の違いや機体改修の影響もあったが、ライン＆ドックと通称される整備のやり方の影響が強かった。

江戸の横顔が蓮沼の言葉に肯く。

「私の場合は、入った時からライン＆ドックだって言われてましたから、逆に昔が分からないかもしれません」

ライン＆ドックは、通称ラインと呼ばれるエプロン上で行われる飛行隊所属の整備員による整備と、対比してドックと呼ばれる格納庫内で行われる整補群検査隊所属の整備員による整備の接近だ。元々複数の専門家で行っていた整備作業を、一人の整備員がより広い分野の整備を行えるようにすることで、効率的な整備作業を行うための制度だ。

「Ｆ－２だから、ライン＆ドックにもなじみ易かったのかもしれないな。俺は、なじめなかったよ。Ｊ－ＭＳＩＰ機の能力向上改修が進み、ライン＆ドックにもなじみ易く変わっていったが、俺は変われなかった……」

蓮沼は、上司や若手が向けてきた冷たい目を思い出していた。ここ数年の蓮沼は、部隊の腫《は》れ物だった。

ベテラン

蓮沼が二曹の古手になり、そろそろベテランと呼ばれ始めた頃、後輩の言う〝ベテラン〟に、二つの意味があることに気がついた。文字通りのベテランと、新しいものについて行くことができない者への揶揄《やゆ》としてのベテランだ。

「あの人、もうベテラン入りだな」

後輩整備員が、そんな風に噂しているところを耳にした。

ライン&ドックは、深刻化してきた人手不足という問題を、整備員のマルチスキル化でカバーしようという発想だ。その背景には〝職人〟ではない整備員でも整備がやりやすくなったということもある。能力向上改修によって整備性も向上したため、整備員のマルチスキル化が可能になったのだ。

元々、F－15にはBIT（Built-In Test）と呼ばれる自己診断装置が搭載されている。自動で故障部位を特定し、交換部品を整備員に指示するものだ。しかし、当初はその精度も高くなかった。結果的に、まだ整備員には〝職人〟であることが必要だった。

しかし、改修が進み、自己診断機能の精度も上がった。自己診断装置で検出された不具合部品を交換するだけの整備が増え、〝職人〟が必要とされることは徐々に少なくなっていった。

蓮沼が〝職人〟としてベテランとなった時期は、皮肉なことに、その〝職人〟が必要とされなくなる時期だったのだ。

と同時に、高度なデジタル機器が増え、徐々に理解が及ばなくなってくる。蓮沼は、別の意味でも〝ベテラン〟になってしまっていた。

「あの人、変わらない部分については良く知っているさ。経験があるからな。Pre－MSIPの整備については大したもんだってのは分かってる。でも、あの人は改修機に近づかないようにしてるだろ。そんなんじゃ、俺らが迷惑するんだ」

煙たがる声が聞こえるようになった時、蓮沼は、自分でも彼らの指摘を認識していた。だんだんと居場所が狭くなっていった。そして、隊長から言われた。

「蓮沼一曹、君は十分に経験を積んで、もう立派なベテランだ。そろそろ総括に入ってくれないか?」

蓮沼は、その〝ベテラン〟が、どちらの意味なのだろうかと考えた。恐らく両方の意味なんだろう。そう思いながら、隊長の言葉に肯《うなず》いた。

工場見学

ゼンダ工業に着くと、面接の前に、まずは工場を見せてくれるという。社長の伊豆山が、自ら案内してくれるそうだ。

「規模は決して大きくありませんが、プラントですから全体としての設計は、もちろん他にあるものではありません。それに、組み込まれている機器も既製品は少なく、特注のものが多くなっています。このプラント全体を把握し、安定した生産ができるよう維持管理ができる優秀な整備能力のある人材が、最低でも三人は必要なんです。今、二人ほどいるのですが、彼らの負担が大きいため、もう一人採用したいと考えているところです」

伊豆山の説明は、江戸の言っていたとおりだった。

確かに特殊な設備が動いており、メカ好きな蓮沼は、興味を持って話を聞いた。何でも、温度、圧力を正確にコントロールした上、強力な光を照射させて反応を促進させると言っていた。

「紫外線ですか？」

化学反応を起こさせるなら高いエネルギーが必要だろう。波長の短い光の方が、エネルギーが高い。蓮沼が尋ねると、伊豆山はニヤッと笑った。

「詳しいことは企業秘密です」

それはそうだろう。しかし、彼の顔を見る限り、予想は外れていないように思えた。

製造している化学薬品は、医療用ではないということだったが、かなり高価でデリケートな薬剤のようだった。工場内は、どこもピカピカで清潔だった。それでも、蓮沼の目には気になるものも映った。部品を取り付けているビスの頭に、なめた跡のあるものがあるのだ。気にして見ていると、ナット類も、なめてはいないものの、乱暴な扱いをしたのか、傷のあるものも見受けられた。

伊豆山は、整備能力のある者が不足していると言っていたが、これが人材の不足によるものなのか、それとも別の問題なのか、見ただけでは分からなかった。

「この装置は、去年導入したものなんですが、最近原因不明の不具合が発生していて困っているところなんです。生産速度を落とせば大丈夫なので、低速運転で生産しているのですが、こいつがボトルネックとなって、このプラント全体の生産能力が落ちてしまっています。早く原因を究明したいのですが、メーカーもすぐには来てもらえないし、さっきお話ししたように整備能力のある人の手が足りなくてね」

「どんな不具合なんですか？」

先ほど質問して、回答を渋られたばかりだったが、整備員としての習性なのか、蓮沼は、思わず聞いてしまった。しまったと思ったが、伊豆山は、少し考え込んで口を開いた。

「まあ、入社してもらう事を考えてもらうためにも、どんなトラブルがあるのか知ってもらった方がいいかもしれませんね」

彼は、装置の下部を指さして言った。

「この装置は、中間製品の液体に高圧をかけて微細な霧状に噴霧し、気体と反応させる装置です。先ほどお話ししたように、生産速度を落とせば良いのですが、全力に近い運転を行うと、異音が発生する上に、製品の歩留まりが悪くなってしまうんです。圧力変化は起きていないようなのですが、吐出量が一定していないのかもしれません。とにかく、原因が分からなくてね」

蓮沼の頭には、いくつかの可能性が浮かんだ。もちろん、F－15に同じような装置は積まれていない。それでも、装置内部で発生している環境とF－15の搭載機器がさらされる環境には似たようなものもあった。機体各部を駆動させる油圧機器は高圧だ。それに、高高度まで上昇する戦闘機は、低圧環境にさらされるが、その環境では人間は生きて行けない。乗員を生かすためには、高圧を生成しなければならなかった。

最近になって部隊で発生したF－15のトラブルも、なかなか原因が分からなかった。今は総括にいる蓮沼は、トラブルが発生しながら、なかなか原因を探求できずにいることを知っていた。

漏れ聞こえてくる状況から、想像できる原因はあっても、口を出す立場ではなくなっていた。それでも、中には頼って声をかけてくる中堅整備員はいた。アドバイスをしてやると、原因が見つかったと喜んでいた。

その時の後輩の顔が目に浮かんでいたが、戦闘機と化学薬品を製造する装置では、あまりにも違う。そして何より、蓮沼を押しとどめたのは、〝ベテラン〟として現場から離れていた日々だった。陰口に自信を奪われ、現場から遠ざかって過ごした日々が、蓮沼の口を開かせなかった。

「では、次に行きましょうか」

蓮沼が装置を見つめている内に、伊豆山はそう言って歩き始めていた。

面接

ゼンダ工業には、一〇〇人を超える従業員がいる。当然、部長などの管理職もいるが、面接は伊豆山だった。工場を案内してくれた時の感じからすれば、高圧的ではなかったが、ワンマンではあるのだろう。

面接場所も社長室の応接セットだった。ただし、社長室という感じはしない。一室が確保されているものの、壁はガラスでできており、工場やオフィスが見渡せるようになっていた。蓮沼は、アメリカのドラマに出てくるお偉いさんの部屋のようだと思った。

「では、一通りの経歴などを聞かせてもらえますか？」

社長室のソファに腰掛けると、早速切り出された。工場見学の時に、多少の話はしていたものの、差し向かいに座っていると、さすがに緊張してきた。

それでも、再就職に備えるための教育も受けている。自衛隊内での経歴と職務内容を話し、身につけたスキルが民間でも役立つはずだと答えた。

しかし、航空機整備員としてはベテランと言えたが、それが時代の趨勢《すうせい》に合わなくなってきているという自覚もある。自信を持って話すことはできなかった。

それが伊豆山にも伝わっているのかもしれない。あまり良い顔をしているようには見えなかった。

「そうですか」

伊豆山は、思案気に顔を伏せた。続きがあるとすれば、次が最後の質問だろうと思えた。

「先に工場を見てもらいましたが、蓮沼さんがうちに来てくれたら、どこを改善しますか？」

予想外の質問だった。普通に考えれば、感心した点などを言って会社を褒めるべきなのかもしれない。しかし、これまでの面接は、伊豆山から見れば期待外れだっただろう。ここで会社を褒めたところで、採用してもらえるようには思えなかった。

それに、どうせゼンダ工業と縁がないのなら、一言言っておいた方が良いとも思えた。それは、整備員としての矜持《きょうじ》だった。

「工場はきれいで、整理整頓《せいとん》もできていました。ですが、機器を取り付けているビスの頭になめた跡が見られました。それに気づいて見回すと、ナットにも傷のあるものがありました。きれいにはされているようですが、雑な部分があるようです。まず改善するとしたら、そうした部分だと思います」

　蓮沼の言葉に、伊豆山は驚いていた。

「ビスは分からないでもないですが、ナットにもですか。ナットに傷など付くものでしょうか?」

「サイズの合わない工具、良くあるケースでは、モンキーレンチで締めようとしたのかもしれません」

「なるほど。雑ですか……」

　そう言うと、伊豆山は、また思案気な顔を見せた。

「何か、気になっていることでもあるのでしょうか?」

　蓮沼が問いかけると、伊豆山は少し苦い顔をして言った。

「手が足りない、というのは話したと思いますが、確かにちょっと雑な性格な者もいましてね」

　もしかして、整備を任せていると言っていた二人の内の一人だろうか。その雑さが、ビスやナットに留《とど》まらないとしたら、トラブルが出ていると言っていた装置の不具合原因にも関係しているかもしれない。蓮沼は顔を上げて言った。

「装置に触らせてもらってはいないので、見当違いの可能性も高いですが……」

蓮沼は、そう前置きをすると、自分の体験を話し始めた。

「少し前、私が整備している F－15 でも、なかなか原因の分からないトラブルがありました。機体が高い迎え角をとると、原因不明の振動が出るというものです。搭乗したパイロットが不具合として訴えて来ました。高い迎え角というのは、進行方向に対して機首を上げた状態です。急旋回の際などに、そういう状態になります」

蓮沼は、総括勤務なので、現場で機体は見ていない。しかし、逆に全てのトラブル情報を目にする立場だった。

「フラッターと呼ばれる翼のバタつきなどの可能性も考えられたので、翼の構造材を調べたりしたのですが、なかなか原因が判明しなかったんです。私がその話を聞いた時、普通に考えられるそうした原因とは、全く違う原因なのかもしれないと思いました。整備記録を引っ張り出して、トラブルが出始めた時期と照らし合わせて確認したところ、トラブルが確認される前に、エアコンコンプレッサーのモーター部品が交換されていました。迎え角とエアコンのコンプレッサーなんて、基本的には関係しないはずです。でも、これが当たりでした」

蓮沼は、かなりゆっくりと話した。それでも伊豆山の理解が追いつくのに少しタイムラグがあった。慣れない飛行機の話では当然だ。蓮沼は、彼の顔を見て、ある程度は理解が及んだらしいことを確認してから、話を続けた。

「この部品の取り付けには、ボルトの締め付けトルクもきっちりと定められていました。戦闘機は、高いGもかかるため、部品を取り付けているボルトにも高い応力がかかります。問題の部品は、締め付けトルクが足りていなかったんです。結果として、迎え角が高いという状態ではなく、Gがかかったことによって、この部品が浮いたような状態になって振動したことが、原因だったんです」

「コンプレッサー用のモーターなんて、人が振動を感じるような回転数じゃないんじゃないかい？」

伊豆山は、自分で工場を案内するくらいだ。技術的なことも、ある程度は分かるようだ。

「正確には、モーター振動と他の部位の振動による〝うなり〟です。パイロットが『ウヮン、ウヮン』というような振動だって言ってたので、ピンと来ました。パイロットは、Gをおしりの感覚でとらえて、機体を操縦しています。その〝うなり〟を振動と感じ取ったみたいなんです」

震動の周波数が少しだけ異なる場合、波の干渉によって〝うなり〟と呼ばれる現象が発生する。

「なるほど。しかし、その話がうちの装置のトラブルとどう関係しますか？」

「原因究明ができないということは、ボルトの締め付けが足りないというような些細《ささい》な原因が、予想外の影響を及ぼしている可能性があるということです。普通に考えられる原因に関しては調べたはずです。それに該当しないということは、普通はありえないような些細な原因の可能性も考えるべきです。こちらの装置では、全力運転の際に不具合が出ると聞きました。全力運転した際に、思いも寄らない何かが変化し、それが影響を与えているのかもしれません。可能性を一つ一つつぶしてゆかないといけないでしょう。温度なのか、回転数なのか、圧力なのか、出力負荷なのか、パッと思いつくのはこんなところですが、意外なものが影響していることもあります。それに、私がF－15のトラブルでやったように、いつから発生しているトラブルなのか確認し、その前に何があったのかも確認した方がいいと思います。直前の部品交換が原因だった可能性もありますし、投入する材料の変化がなかったか、調べる必要もあります。同じ材料でもロットによって微妙に違うということもあるでしょうから」

「なるほど。その話を参考にするように、担当部署には話してみましょう」

そう言った伊豆山と目が合った。出過ぎた言葉だったかもしれない。蓮沼は、視線を落として謝った。

「すみません。門外漢が余計なことを言いまして。ですが、参考にして頂ければと思います」

それで面接は終了だった。社長室を出て、合流した江戸とともに礼を言って、ゼンダ工業を後にした。

忠実《まめ》

車がゼンダ工業の敷地を出ると、助手席に座った蓮沼が、大きく息を吐いた。

「お疲れ様です。面接はどうでした？」

表情を見る限り、芳しかったとは言い難いように見える。経験が刻んだ顔の皺《しわ》が、倍加されていた。それでも、こちらも仕事だ。聞いておかなければならない。

「うまく話せなかった。援護に向けた教育では、自分を売り込めと言われていたが、自分の持っている能力なんて大したことはない。その上、それが民間で役に立つと思うかと言われればなおさらだ」

「そうですか。でも、整備は言葉じゃないですよね。蓮沼一曹が口にした何気ない一言が、伊豆山社長の心に響いたかもしれません。それを期待しましょう。ダメならダメで、また他の企業を紹介します」

江戸は、努めて明るく言った。再就職に臨む自衛官は、極端なことが多い。階級社会の自衛隊で上位に到達したことで自信を持ち続けている人がいる反面、娑婆《しゃば》では通用しないのではと尻込《しりご》む者もいる。蓮沼は後者だった。屈《かが》みがちな背中にも、それは表れていた。

「そう言ってくれるのはありがたいが、地本もゼンダ工業が援護希望者を取ってもらうことを期待してたんじゃ……」

「それはそうですけど。こればっかりは縁ですから」

そうは言いつつも、江戸にとっても初となる可能性のあった新規開拓だ。成功を祈っていなかったと言えば嘘になる。その思いが顔に出ないように話題を切り替えた。

「蓮沼一曹の目から見て、ゼンダ工業さんはどうでしたか？」

車は、工業団地内を貫く道路から、U市内に至る幹線道路にでた。

「そうだなぁ。江戸三曹の言うとおりだったよ」

「言うとおりというと？」

「ほら、米軍の整備だって言ってたじゃないか」

「あのことですか。どんな所がそう見えましたか？」

蓮沼は、なめられていたビスの頭、傷ついたナットの話をしてくれた。江戸が気がついていなかったことだった。

「さすがですね。見学の時は、私もいっしょに回っていましたけど、気がつきませんでした」

「癖みたいなもんだろう」

蓮沼は、苦笑のような照れ笑いをしていた。伊豆山が、この忠実《まめ》さというか実直さを気に入ってくれればいい。そう思いながら、江戸はハンドルを握りしめた。

〝ベテラン〟

「蓮沼一曹、三番、U地本の人」

検査隊総括班で来月の勤務表を作っていた蓮沼は、電話を受けた同僚から告げられた。電話機の点滅しているボタンを押す。

「代わりました。蓮沼です」

江戸三曹かなと思いながら告げると、案の定、江戸の声が響いた。思いの外弾んでいた。

「ゼンダ工業さんが、採用したいそうです！」

「ええ?!」

思わず妙な声が出てしまった。次の所を探さないといけないだろうと思っていただけに、驚いた。

「面接の時に、蓮沼一曹が言っていたことをやってみるように指示したら、不具合の原因が分かったんだそうです。今は、不具合を直してプラントがフル稼働できるようになったって言ってました。面接の時に何を言ったんですか？」

「何と言っても……」

蓮沼は、F－15の整備にアドバイスした経験を元に、伊豆山に進言したことを話した。

「そうでしたか。伊豆山社長は、是非蓮沼一曹に来て欲しいと言っています。『やはり〝ベテラン〟整備員は違うんだね』と言ってました。地本としても、ゼンダ工業で実績を作っていただけるとありがたいです。実は、私個人としても、新たに退職自衛官採用をしてくれる企業を新規開拓していたところなんです。蓮沼一曹がゼンダ工業さんに行ってくれると、私にとっても初の実績になります。是非！」

「おいおい……」

急に積極的になった江戸の様子に面食らう。同時に、かけられている期待の大きさに、改めて驚いた。しかし、その期待というプレッシャーには、悪い気はしなかった。伊豆山が言う〝ベテラン〟に二重の意味はないだろう。

蓮沼は、江戸にしばらく考えて結論を出すと伝えると、静かに電話を切った。顔を上げて背を起こす。

「期待されているなんて、久しぶりだな……」

やってみよう。もう結論は出ていた。

4話　クラブの夜と財務省

基地見学会

合同庁舎の玄関前に、官庁には似つかわしくないバスが止められている。車体側面に描かれているのは三頭身のゆるキャラだ。つい先ほどまで駐車場を賑《にぎ》わせていた子達は、既にバスに乗り込んでいる。

相馬二等陸曹は、積み残した荷物がないことを確認して、バス、自衛隊で言うところの人員輸送車に乗り込んだ。以前に地本が使っていた人員輸送車は、ほとんどが飾り気のないものだった。せいぜい『自衛官募集中』と書かれている程度。それが今では、明るく親しみやすいイメージを広めるため、ラッピングバスのようになっていることが多い。U地本も例に漏れなかった。

相馬がステップを登り切ると、背後のドアが閉められる。バスの中は、騒がしい若者でいっぱいだった。それもそのはず、この人員輸送車の乗車定員で、今回の基地見学会の参加者数を決めてある。相馬は、彼らに向かって大きな声を出した。

「では出発します。岐阜《ぎふ》基地には四時間半ほどで到着する予定です。途中のサービスエリアで一旦《いったん》休憩の予定ですが、それまでに気分が悪くなったり、トイレに行きたくなったら、早めに教えて下さい」

呼びかけている時こそ口をつぐんでいた子達が、すぐに元の騒がしさを取り戻す。相馬が最前列の座席に腰を下ろすと、バスはゆっくりと動き出した。U地本のある合同庁舎の駐車場から市役所前の道路にでる。

地本は、各種の広報行事を企画している。目的は、多くの場合、隊員の募集活動につなげるためだ。そのため、駐屯地や基地を開放しての広報活動と異なり、年齢などに制限をかけていることが多い。

今回の基地見学会もそうだ。入隊する可能性のある高校生を中心に、一泊二日の日程で航空自衛隊岐阜基地を見学することになっている。引率は、相馬の他、横に座る募集課の裾花《すそばな》三等海曹、それにバスのドライバーを兼ねる江戸《えと》三等空曹だ。

「空自基地に行くのは、私も初めてなので楽しみです」

裾花は、海自のＷＡＶＥ（Woman Accepted for Volunteer Emergency Service：ウェーブ、女性自衛官）だ。自衛隊が女性の採用を増やしているため、地本にも女性自衛官の配置が必須《ひっす》となっている。特に、今回は泊まりがけの基地見学のため、引率にも女性自衛官が欠かせなかった。相馬では、外来宿舎の女性用エリアに入ることができない。

裾花は少しはしゃぎ気味のようだ。明るく人当たりのいい性格をしているので、広報官に向いている。頭の後ろにぴょこんと飛び出した短めのポニーテールがトレードマークになっていた。

彼女の様子を見て、相馬は、告げておかなければならないことを思い出した。

「今日午後の予定に業務隊の見学があるだろ。その時、少し外すつもりだ。江戸三曹がいるから大丈夫だと思うけど、よろしく頼むよ」

この基地見学は募集課が計画したものなので、相馬や裾花が仕切らなければならない。江戸は援護課からの支援だ。しかし、空自基地の勝手は、空自出身の江戸が最も理解している。現場では、江戸に頼った方がよかった。

「どこに行かれるんですか？」

「会計隊。業務隊と同じ庁舎内だから、何かあっても直ぐ戻れるはず。去年の基地見学の時に、気になった隊員がいたから、ちょっと顔を見てくるだけだ」

基地見学などの行事は、日程こそ多少前後するが、ほぼ同じものを毎年続けている。

相馬は、去年も引率に来ていた。

「気になった隊員って、うちから入った子ですか？」

「そう。去年の見学の時点で、部隊勤務が半年くらいの新米だった。その半年の勤務で『もう辞めたい』って言ってたんだよ」

「半年ですか。半年で辞められると、地本《うち》もあれこれ言われそうですね」

ある程度の退職者がでることは仕方ないとは言え、あまりにも早期の退職だったり、退職者が多ければ、地本の募集活動に問題があったのではないかと言われてしまう。

相馬は、裾花の言葉に肯《うなず》いて言った。

「まだ辞めてないことは確認しているから、持ち直してくれたんじゃないかとは思うんだけど、一応様子を見てこようと思ってね」

地本には、管轄エリアから入隊している全隊員のデータがある。まだ現役隊員でいるかも、簡単に確認できた。

「なるほど。それで顔を見てくるってことですか」

「頑張っているならいいんだけど、何とか耐えているだけ……って可能性もあるから」

「そうですね。どんな隊員なんですか？」

「ＷＡＦ（Woman in the Air Force：ワッフ、空自の女性自衛官）だよ。小柄な子でね、基準ギリギリだった。確か一四一センチだったかな。自分でも体力がないってことは分かってて、ハンデにならないからってことで、会計を希望してた」

「意欲的な子だったんでしょうか？」

「そう。希望の通り会計特技と決まったときは、喜んでいたらしい」

「それでも辞めたいって、思っていたよりも大変だったからとかですかね？」

空自に限らず、陸自や海自でも、会計という職種は激務だ。年度末や、四半期の締め時期などは、長時間の残業を強いられることが多い。ちなみに、陸と空では会計だが、海自では経理と呼ぶ。仕事は、給与や旅費などの計算、物品調達のための契約などだ。

「そんな理由なら気にしないさ。仕事が大変だから辞めるなんてのは、大抵は本人の問題だ。会計には会計の大変さがあるけど、他の配置だって、その配置なりの大変さはあるんだから」

「そうですね。でも、相馬二曹がそう言うってことは、たまたま良くない同僚や上官に当たってしまったってパターンですか？」

相馬は迷った。その隊員、土橋《どばし》一士の場合、確かに同僚や上官に恵まれなかったケースと言えたが、少し変わっていた。

「そうとも言えるんだけど、ちょっと珍しいケースかなぁ」

説明は難しそうだ。相馬は、咳払《せきばら》いをして時系列で話す事にした。

「今年は業務隊だけど、去年の岐阜基地見学では、基地業務群の担当部隊は会計隊だったんだ」

たった二日間の日程で、岐阜基地の全ての部隊を見てまわることは不可能だ。特に、基地業務群は、様々な機能の部隊が集まっている。群全体の説明をした後、個別に見学させる部隊は持ち回りと決まっていた。

「会計隊は、四つの班があって、大部屋にそれぞれの班の島が机を並べてる。最初の総括班の説明の時から、一番奥の契約班の島で、彼女、土橋一士って言うんだけど、彼女は電話で誰かと話してた。総括班、会計班、給与班、契約班と順に説明していったんだけど、彼女はずっと同じ相手と電話で話してたんだよ。時間にして三〇分以上」

「外の人相手ですか？」

会計隊は、外部から物品を購入する際の担当部隊だ。基地の中で外部と連絡を取ることが最も多い部隊かもしれない。そして、それは会計隊の中でも契約班の任務だ。

「彼女は契約班だからね。そうかもしれないと思ってたんだけど、近くまで行ったら会話も聞こえてくる。話しぶりからして部内なのは間違いないし、階級的にも、かなり上の雰囲気だった」

相馬の答えを聞いて、裾花が顔をしかめる。

「まわりの同僚……というか、先輩は助けてなかったんですか？」

普通、自隊の若手が他部隊の上級者から追及を受けていれば、周囲の誰かが助ける。特に、土橋のような入隊したばかりの隊員であれば、先輩が助けることが当たり前だ。

「それが、ぜんぜんそんな雰囲気がなくて、見学の参加者の中でも気にしてる子がいたくらい。班長の幹部も席にいたんだけど、その子に任せている感じだった。見学が契約班になると、距離も近くなって、顔も見えた。そしたら見覚えのある顔だったんで驚いたんだ。こっちは基地見学に来た部外者だから、その場で声をかけることはできなくて、名札を確認して、後で携帯に電話した」

「携帯に登録してあったんですか？」

「まさか。うちから入隊する子全部を登録なんて出来る訳ないだろ。地本に電話して、調べてもらったんだよ」

「なるほど。勧誘の時に、よほど世話をした子だったのかと思いました」

「そういう子もいるけどね。彼女は、意思も確かだったから、入隊の時はすんなりだった。ただ、身長が基準ギリギリだったし、体力がないことを不安だって言ってたから、印象には残ってた」

「なるほど。で、電話で状況が確認できたんですか？」

相馬は首を振った。

「当然、電話でちょっと話してどうにかなる話じゃなさそうだったから、課業が終わってからクラブで話を聞いたんだ」

クラブとは、隊員クラブのことだ。基地内で唯一酒が飲める場所になる。昔は、その辺のおっちゃん、おばちゃんが適当にやっている飲み屋、という風情だったが、最近ではチェーンの居酒屋が入っていることが多い。基地毎に、委託契約をして運営してもらっている。自衛隊の建物の中に入るため、外観は他と変わらないが、内装はそれなりに居酒屋らしくしてある。昔は、隊員食堂と大差がなかった。

相馬は、その時の様子を思い出した。

一年前

岐阜基地の隊員クラブは、メジャーな居酒屋チェーン『華の舞』が入っているので、入口には特徴的な赤を基調色とした看板がかけられている。相馬は、少し早めに着いたので、先に入って待つことにした。

店内の内装も、それらしい雰囲気を出そうと努力しているものの、本格的な内装工事ができないため、壁に掛けられたメニュー表などがそれっぽくなっているだけだ。

相馬が、枝豆だけでジョッキを傾けていると、土橋は一人のＷＡＦと連れ立ってやってきた。入口できょろきょろしている土橋に声をかける。

「土橋一士、こっち」

二人ともジャージ姿なので、もう一人は名前も階級も分からない。それでも、顔だちやジャージのこなれ具合を見ると土橋より年上なことは分かる。ＷＡＦの中でも背は高めだろうか、二人並ぶとかなりの身長差があった。切れ長の目で、落ち着いた感じを纏《まと》っていた。

「あの、先輩に付いてきてもらいました。いいですか？」

相馬がいくら親身になろうとも、土橋にとっては入隊時に世話になった地本のオジサンでしかない。身構えるのは、ある意味当然だろう。普通の自衛官なら、そのことにショックをうけるかもしれない。しかし、相馬は広報官だ。そんなことくらいで落ち込んでいたら、もうとっくに精神を病んでいる。

「もちろん構わないよ。そちらは？」

「湯《ゆ》ノ《の》原《はら》と言います。三曹です。土橋一士と同じ会計隊ですが、給与班にいます。今日の見学の時には、説明していた総括班長の手伝いで、資料を配ったりしてました」

そう言われて思い出した。アシスタントとして動いていたWAFだった。彼女は、見学の際の土橋の様子を承知しているだろうし、相馬が土橋に声をかけた理由も聞いているのだろう。

「あ〜、今日はどうもありがとう。髪型が違っていて分からなかったよ」

課業中は、しっかりとまとめられていた髪が、今はポニーテールになっていた。風《ふ》呂《ろ》から上がった後なので、後ろで簡単にまとめただけなのだろう。パッと見で分からなかったのは、髪型もあるが、化粧の有無が大きい。薄めとは言え、あるとないとでは大違いだし、化粧をすることで仕事の顔になっている。そうは思っても、化粧への言及はしない。

彼女たちが腰掛けると、まずは彼女たちの飲み物と追加のつまみを注文する。土橋だけは、まだ飲めないのでコーラだ。

携帯電話である程度の話を聞いていたので、直ぐにも本題に入りたいところだった。とは言え、先輩の湯ノ原を連れてきているくらいだ。緊張をほぐさなければ、本音を聞くことはできない。それに、湯ノ原のことも確認しておきたかった。

「湯ノ原三曹は、どこの出身?」

「群馬、高崎《たかさき》です」

「それなら、熊谷《くまがや》が一番近いのかな」

東日本から空自に入隊する隊員は熊谷基地に行くことになる。U県から入隊する場合も熊谷だ。相馬は何度も見送りに行っている。西日本からだと山口県にある防府南《ほうふみなみ》基地に行くことになる。

「はい。でも、地元に帰りたいとは思ってませんから。ここもいいです」

ここ岐阜基地の話にすることができた。土橋の話を切り出すチャンスだった。

「でも、隊の雰囲気は、あまり良くないみたいだけど」

相馬が視線を向けると、土橋は、両手を握り、うつむいていた。

「隊も良くないのかもしれませんが、やっかいな人がいるんです」

「やっかいな相手って、もしかして……」

土橋が電話で話していた相手だろうか。相馬が目を向けると、土橋が小さく肯《うなず》いた。詳しく聞こうと思ったタイミングで、頼んだドリンクとつまみが来た。簡単に乾杯する。

話が途切れてしまったので、相馬は、もう一度、湯ノ原に声をかけた。

「どんな相手なの？」

「整備補給群の装備隊長です。持続走に入れ込んでいて、契約班にいろいろと〝お願い〟してくるんです」

相馬には、湯ノ原の説明が良く分からなかった。部隊は、関係部隊と各種調整をしながら動いている。その調整に、隊長が直接出てくることは多くないが、あることはある。そして、そうしたケースでは、調整を受ける方も相応のレベルが出るものだ。曹どころか士、それも、半年ほどの経験しかない土橋が電話を受けている理由が理解できない。

「どうして隊長の相手を土橋一士が？」

土橋は、コーラが入ったグラスを手にうつむいている。土橋が口を開きそうにないとみたのだろう、湯ノ原が呟《つぶや》くように言った。

「装備隊長と契約班長が、防大での部活の先輩後輩らしくて、班長は強く言えないみたいなんです」

「何部なの？」

「合気道部です。二人とも基地の部活でも続けているらしいんですが、契約班長は面倒なことになるので、部活にもあまり出てないみたいです」

相馬は、「あ〜」と声を上げて頭をかいた。防大の部活、それも武道関係の部活は、卒業後も関係が続くことが多いらしい。良い方向に作用することもあるのだが、残念ながら逆の噂をよく耳にする。

「契約班長が、装備隊長を避けているので、土橋一士が対応しているってことなのかな。先輩空曹がいるよね？」

湯ノ原は、「そうなんですが……」と言葉を濁す。それでも、言いにくそうにしながらも説明してくれた。

「どこの部隊でも良くあると思いますが、土橋一士は、新人なので電話番をさせられています。契約班だけじゃなく会計隊の他の班でも共通ですけど、面倒な計算をしている間に電話を受けるのは嫌なんです。だから、ある程度状況を呑《の》み込めた新人に電話番をさせるのはアリなんです。結果的に、それが装備隊長みたいな面倒な人のフィルターにもなるので、そのまま土橋一士が押しつけられている形になっていて……」

「班長を出せ、とは言われないの？」

「居留守を使うように言われているそうです。班長が出ると、装備隊長に断れなくなってしまうので」

「なるほど。でも、契約班の先輩は助け船を出さないの？」

そう言うと、湯ノ原は苦い顔をした。

「誰が対応しても同じなんです。今までにいくつか要望を聞いてるので、これ以上は聞けません。契約班としては、これ以上の要望は断るって決めているそうですけど、誰が断っても、班長に話をすれば何とかなると思っているのか、また連絡してきます。で、土橋一士が出ると、向こうも粘れば契約班が折れると思っているのか、長時間話されてしまって……」

「弱ったね」

とりあえず、状況は分かった。土橋自身の問題でないことは幸いだったが、明らかに部隊の問題だ。空自の所属でさえない相馬が口を出せる話ではない。ただし、例外もある。

「携帯で話した時に、退職を考えているようなことを言ってたけど、本当かな？」

入隊前、土橋は、会計に行って、縁の下から自衛隊を支えたいと言っていた。携帯でそのことを覚えていると告げ、調子を聞いたところ「もうダメかもしれません」と言われて驚いた。だからこそ、ここに誘って話を聞くことにした。

退職を考える理由が、純粋に部隊にあるとしても、地本が問題視される可能性があるのなら、何らかのアクションを取ることができるかもしれない。

相馬が、どんよりと沈んだ土橋の顔を見つめていると、彼女はポツリと言った。

「もうここにいるのは嫌です。でも、辞めたくはないです」

しっかりと意志を含んだ言葉だった。相馬の記憶の中で、「頑張ります」と言っていた彼女と繋《つな》がる。表情は全く違った。入隊前の弾んだ笑顔ではなく、暗く沈んだ顔だ。それでも、その声に宿る意欲は変わっていないように思えた。

何とかしてやりたい。相馬はそう思った。しかし、地本という外部から関わるより、できるなら空自内で解決された方がいい。外からの圧力は無用な反発も生んでしまう。それに、彼女自身に意欲があり、少なくともそれを応援してくれる湯ノ原という先輩もいる。なんとかなるはずだ。彼女自身と湯ノ原が動くためのアドバイスを与えてやることならできる。本来は、部隊の先輩が負うべき役目だったが、相馬が支えてやってもいい。異なる部隊、しがらみに縛られない相馬だからこそできるアドバイスもあるはずだった。

「それなら、何でもやればいいじゃない」

「何でも……ですか？」

「そう何でも。ここにいるのは嫌だって言っているくらいなんだから、転属させられたらむしろ嬉《うれ》しいくらいだろ。まあ、昇任はしにくくなるかもしれないけど、このまま精神的に追い詰められることと比べたら、大したことじゃない。暴れたらいいんだよ。明らかな命令違反でもしない限り、自衛隊を辞めさせられる、なんてことはないからね。その隊長に反撃したらいい。班としては、断ると決めているんだったら、ダメなものはダメなんだ。それを分からせてやればいいんだよ。班長が使えないなら会計隊長を使うとか、泣いてみせるとか、普通だったら良いとは言われない手が、いくらでもあるんだから」

　そう言って、良くない手を教えてくれそうな湯ノ原を見る。彼女は苦笑して口を開いた。

「私も、言ったんですけど……」

　相馬が言うようなことは、湯ノ原も言っていたのだろう。土橋はテーブルの上で小さな両の拳《こぶし》を握っていた。

「誰かのためになりたいと思ったんです。体は小さいし、体力もないけど、自衛隊ってかっこいいなと思ったんです」

その声は震えている。今にも泣きそうな声だった。隊員クラブの喧噪《けんそう》の中では、異質な雰囲気を醸しているためか、周囲からちくちくと視線が刺さってくる。しかし、そんなことは気にしていられない。今は土橋のことが大切だった。

「覚えているよ。そんなことを言ってたね」

体格や体力面では、土橋は明らかに不利だ。性格的にも、向いているとは言えないかもしれない。だが意欲はある。だから、相馬にとっても印象の強い子だった。

「だから、ちゃんと頑張りたいんです。せっかく自衛隊に入れたんだから、頑張りたいんです」

相馬が土橋のことを覚えていたのには、もう一つ理由があった。自衛隊は、隊員確保に苦労している。しかし、一部には狭き門も多い。女性自衛官もその一つだ。土橋は、高校卒業時には合格できず、アルバイトをしながら、自衛隊に再チャレンジして入隊していた。頑張り屋で、真面目だった。生真面目すぎるのかもしれない。

相馬は、深く息を吸い込むと、ゆっくりと言葉を紡ぐ。

「頑張ることはいいことだ。土橋一士は頑張っていると思う。でも、相手が間違っているときに、正攻法に拘《こだわ》ってちゃダメだ」

土橋は、わずかに視線を上げた。その目には、疑念が映っている。

「地本で広報官をやっていると、いろいろな人に出会う。部内の人は、陸海空三自衛隊だけじゃなく、市ヶ谷《いちがや》にいる内局の人にも会う。部外は、もっと多い。学生、学校の先生、町長や県知事にも会うことがあるし、県の職員や他の省庁の国家公務員にも会う。中には自衛隊を理解してくれないだけじゃなく、地本の仕事を妨害してくる人もいる」

「私も『自衛隊なんか止めなさい』って言われました……」

土橋の囁《ささや》くような呟きに、相馬の記憶が呼び起こされる。

「進路指導の先生だったかな？」

それでも、その先生は入隊に反対するだけで実害はなかった。土橋の無言の肯きを確認して、相馬は言葉を継いだ。

「土橋一士のいた高校じゃなくて別の高校、それに少し昔の話だけど、もっと強硬に自衛隊を選ぶ学生の妨害をしてくる先生がいたことがあった。その先生は、進路指導の担当でもなかったし、三年生の担任も持っていなかった。学校としても三年生の担任からは外していたんだ。それでも、一年、二年の時に担任だった生徒の進路指導に口を出してきていた。県の高校の教職員組合の役員で、自衛隊に酷《ひど》く反対している先生だったんだ」

相馬は、土橋の顔色を覗《うかが》った。同じような経験をしているためか、想像できているようだ。湯ノ原も小さく肯《うなず》いている。

「二年生の時まで、その先生が担任だったある学生が、進路に自衛隊を選ぼうとした時、その先生が強硬に口を出してきたことがあった。学生自身は、入隊を希望していたんだけど、その先生が家まで行って親御さんに相当言ったらしい。そのせいで、学生が困っていた。両親が、考え直したらどうかと言っていたそうなんだ」

もう一度土橋の顔を確認し、問いかける。

「相談された地本は、どうしたらいいと思う?」

しばらく考えた土橋が、自信なげに言う。

「その先生を説得する……のは無理なんですよね?」

「もちろん努力はしたよ。でも、やっぱり無理だった」

そう答えると、土橋は無言で首を振った。もちろん、土橋に答えが分かると思って聞いてはいない。困難な状況を分かってもらうために聞いただけだ。

「地本の武器は、いろんな情報を持っていること。それに、何にも増していろんな人とつながりを持っていること。だから、この困っている学生の話を、自衛隊に理解のある地元の教育関係者に話したんだ。動いてもらえないかってね。その人は、学生の自衛隊入りに反対していた先生の事も知っていた。ある意味、有名な先生だったからね。で、前から集めていたその先生を批判するネタを持って、県の教育委員会に困っている学生のことを話しに行ってくれた」

「それで、その学生は、入隊できたんですか？」

不安げな顔を見せている土橋に、励ますように笑顔を作って答える。

「教育委員会が動いてくれた。それ以後、その先生は自分の担任していない生徒にまで、よけいな関わり方をしなくなった。何せ、その先生を批判するネタというのが、担任する生徒の自宅に、政党が発行する日刊新聞の売り込みに行っていたという話だからね」

「生徒の自宅にですか？」

そう言ったのは湯ノ原だ。土橋は驚いて固まっていた。

「そう。先生が売り込みに来たら断れないだろ。三ヶ月だけでいいからと言われても、結局その先生が担任から外れるまで解約もできない。睨《にら》まれちゃうからね。こんな話を聞きつけたら、教育委員会も黙ってはいられない。調査をして、何らかの処罰をし

る。

「運が良かったんですね。その関係者って人が、そんな情報まで持っていて」

自分の境遇と比べたのか、土橋がうらやましそうに言った。相馬は首を振って答える。

「運が良かったんじゃないよ。その情報を伝えたのも、地本だったからね」

土橋も湯ノ原も目を丸くしている。

「地本は、あちこちの学校の多くの学生と関わる。自衛隊に反対している人の情報は、自然と集まってくるよ。その教育関係者と話していた中で、こんな先生がいるらしいという話もしてあったんだ。その時は、まだ直接に影響がなかったから、困った先生がいるっていう話だけだったらしい。入隊希望の学生が、その先生のおかげで困っていたから、動いてもらったということだ」

相馬は、ここで言葉を切った。土橋に考えてもらう間を与えたつもりだった。

「でも、これは褒められた手じゃないよな。直接ではないけれど、悪い言い方をすれば、密告したようなもの。でも、本当に悪いのは、その先生だ。このくらいのことをしたっていいんじゃないかと思っている」

長めに話したので、相馬はジョッキを呷《あお》って喉《のど》を潤した。土橋は、氷が溶けてしまったんじゃないかな」

ったコーラのグラスを見つめていた。

「私の状況も、同じだってことでしょうか？」

ややあって、土橋はポツリと言った。

「そう思うよ」

「でも、装備隊長は、契約班にとっては面倒な人ですけど、訓練を一生懸命やろうとしているだけで、悪い人ではないと思います」

「持続走に入れ込んでいるって言ってたね。ストップウォッチとかを買ってくれって言っているのかな？」

相馬は、ストップウォッチくらいは、どこの部隊でも持っているよなと思いながら聞いてみた。案の定、土橋は首を振る。

「単純なストップウォッチじゃなくて、大会で使うようなものも買いました。群で使うということだったんですけど、結局装備隊ばっかりが使っているみたいです。そのくらいならいいですけど、今は缶に入っている酸素が欲しいと言われてます」

「缶入りの酸素？」

思わず、大きな声で聞いてしまった。スポーツ中継でも、たまに使用している人を見ることがあるが、ほとんど意味がない代物だ。そんなものまで買おうとしていることに驚いた。土橋は、唇を噛《か》み締めるようにして肯く。

「倒れた人がいた場合に使うって言ってました。でも、班の人たちは、体調不良になった人がいれば、衛生隊を呼べばいいし、計測の時には、アンビを出して待機してくれるんだからいらないって……」

アンビというのは救急車のことだ。救急車の中には、大型の酸素ボンベが備えられているはずだ。救急車が支援してくれるのならそれで十分なはずだ。心肺が停止してしまったケースで必要になるAEDも、救急車には装備されている。

土橋が、苦しんでいるのは、やはり経験が足りないこともあるようだ。その困った装備隊長が要求しているものは、明らかに必要以上のものだろう。相馬は、湯ノ原に向けて口を開いた。

「先輩の指導、というかヘルプも足りないいんじゃないのか?」

「すみません。隊舎に戻ってからは言うんですけど、班が違うので隊では言い難《にく》くて」

湯ノ原は、申し訳なさそうに言った。確かにそうだろう。湯ノ原に言っても始まらない。相馬は、再度土橋に向き直って咳払《せきばら》いをした。

「どう考えても、土橋一士の先輩も良くない。そんな状況なら、先輩が電話を代わってガツンと言わなきゃダメだ」

相馬は、少し酔ってきただろうかと思って深呼吸した。それでも、やはり自分が入隊に関わった子が、先輩や上司に助けて貰《もら》えず、困った上級者の対応をさせられているのを見ると、憤懣《ふんまん》やるかたなかった。

だが、それが効いたのか、土橋は驚いたような顔をしながら微《かす》かな笑みを見せた。

「そうですね。何だか私も怒っていいような気がしてきました」

そう言って、伏せていた顔を上げると、上を向き、胸の内に降り積もっていたものを吐き出すかのように息を吐いた。

土橋の顔を見て、相馬は当初の思考に立ち返る。所詮《しょせん》、地本の立場では、継続して手助けなどできるはずもない。土橋自身が、多少暴れてでも活路を見いだすしかない。そのことを考えれば、怒っていいような気がしてきたというのは、望ましい結果のはずだ。しかし、何かずれてしまっているような気もしていた。とは言え、大筋が狙い通りなら、良しとしなければならないだろう。細かい点までフォローできるはずがない。

相馬は、湯ノ原に向き直って言う。

「班は違っても、できるだけフォローしてやってよ」

肯《うなず》いた湯ノ原から、再び土橋に目を向ける。

「何とかやっていけそうかな。最初に言った通り、暴れていいはずだよ」

「そうですね。暴れることにも慣れてないので、どうやって暴れたらいいのか分かりませんけど、もう少し頑張ってみます」

実際に暴れることはなくとも、それを選択肢として考えているだけで、精神的には楽になるはずだ。生真面目すぎる土橋が、煮詰まりがちな思考を発散させられるだけでも良い事だろう。本当に暴れたところで、部隊に明らかな問題があるなら、土橋にとっても、そうそう悪い状況にはならないはずだ。

あの時から約一年が経過している。退職してはいない以上、持ち直したのだと思いたい。相馬は、高速道路に乗ったバスの窓から、光輝く海面を見つめた。

会計隊

昼食休憩が終わり、見学者を業務隊に送り込んだ。多目的室と書かれた小講堂のような部屋で、説明役の幹部が話し始める。後は、業務隊の担当者に任せておけば問題ないだろう。

相馬は、壁際に立ち、隣の裾花に声を掛けた。

「予定通り会計隊に行ってくる。一〇分か二〇分で戻るつもり。もし、何かあったら携帯で呼んで」

「分かりました。ここの一階でしたよね」

業務隊は、基地業務群庁舎の二階にある。会計隊は一階だ。

「そう。正面から入って左手の奥。じゃ、よろしく」

相馬は、足を忍ばせて移動すると説明の声を背後に聞きながら部屋を出た。中央階段を下り、一階の会計隊に向かう。複数ある会計隊のドアの内、開け放たれたままのドアから入った。その正面が契約班になる。契約班には、外部、つまり自衛隊外の業者も訪れるため、入りやすくするためにドアを開放しているらしい。

契約班の島を見回して土橋を探す。しかし、座っていても一目で小柄なことが分かるミニ自衛官は見当たらなかった。来たのは一年も前だったので、さすがにどの席だったかまでは覚えていない。空いている席もあるので、どこかに出ているのかもしれない。一番奥の班長席には、幹部が座っていたが、彼が先輩に頭の上がらない班長なのかは分からない。異動で交代している可能性もあった。

契約班の誰かに尋ねることも考えたが、先に他の島に視線を向ける。去年会った湯ノ原を探す。クラブで会った時の印象の方が強かったが、それでも日中に見学の手伝いをしてくれていたので、顔は覚えていた。彼女の姿は、隣の給与班にあった。

「湯ノ原三曹、U地本の相馬です」

　目を上げた彼女は、過去の記憶を再生したためか、一瞬固まっていた。それでも、直ぐに頬の筋肉を緩めた。土橋が立ち直っているのなら、湯ノ原から話を聞くだけで用件は済むかもしれない。相馬が廊下の方を指差すと、彼女は肯いて立ち上がった。

「去年はどうも。今年も学生を連れて見学に来たんだけど、ついでに土橋一士の状況を確認したいと思ってね」

　廊下に出てきた湯ノ原は、一年前とほとんど変わったところがないように見えた。様子を見に来ただけだと告げると、彼女は少し悪戯《いたずら》っぽく笑って答えてくれた。

「土橋一士は元気でやってますよ。元気過ぎるくらいです」

「それなら良かった。退職していないことは地本でも分かるんだけど、持ち直したのか心配だったからね」

「もう辞めることを考えてはいないと思います。困っていた状況は改善してますから。それに、昇任試験に向けた勉強も、少しずつしているみたいです」

「それなら良かった。席を外しているみたいだから、もう問題がないならいいんだけど、一応これを渡しておいてくれるかな」

相馬はそう言って名刺を渡す。普通の自衛官は名刺を作ることはないが、広報官には必須《ひっす》だった。

「分かりました。気にしていたと伝えておきます」

もう問題がないのなら、忘れてくれても構わなかったが、気持ちとしては嬉《うれ》しい。

「よろしく頼むよ。湯ノ原三曹の方は、変わりないのかな？」

土橋に用事があって来ていたが、状況が改善しているようなので、用件があっというう間に終わってしまった。わざわざ廊下に呼び出したのに、即座に帰ったのでは、差し障りもあろうかというものだ。社交辞令として問いかけた。

「はい。土橋一士が元気になったので、深刻な問題はなくなりました。小さな問題は、いっぱいありますけど、それはどこでもいっしょなんだと思います」

少し大人びただろうか。土橋も湯ノ原を頼っている様子だった。他の後輩ＷＡＦからも頼られているのだろう。

相馬は、ほんの少しとは言え、手間を取らせてしまったことを詫《わ》び、会計隊を後にした。業務隊に戻ると、ちょうど多目的室での説明が終わり、事務室などの見学のために部屋からでてくるところだった。最後尾にいた裾花に片手を上げ、合流する。

「どうでした？」

相馬は、本人には会えなかったが、状況が改善して退職を考えるような状態ではなくなったらしいと告げた。それを聞いた裾花も、安心したように微笑んでいる。空自、海自と所属に違いはあっても、同じU県出身の女性自衛官だ。先輩として、気になっていたのだろう。

食堂

その後は、心配の種が一つ消え、相馬は、いくぶんリラックスして見学の世話をしていた。自分勝手に動こうとする見学者を抑えなければならないため、ある意味で部隊見学よりも面倒な夕食を取らせる。

自衛隊の食堂は、全員に同じメニューが日替わりで出される社食や学食のようなものだ。入口に帽子かけがあったり、手洗い場があったりする他は、それほど変わったところはないはずだが、見学者の中にははしゃいでいる者もいた。

全ての見学者を席に着かせ、自分も目の前の裾花と夕食をかき込んでいると、背後から声をかけられた。

「相馬二曹、ご無沙汰《ぶさた》しています」

その声は記憶よりも明るい。相馬は、茶碗《ちゃわん》を持ったまま、驚いて振り返った。

「湯ノ原先輩から、隊に来てくれたと聞きました」

去年はまだ違和感を残していた土橋の迷彩作業着姿も、今は板に付いている。声と同じように、表情は明るかった。座ったまま振り向いても、見上げる必要がないところは、以前と変わらない。

「湯ノ原三曹から聞いたよ。やって行けそうかい？」

「はい、なんとか。でも、やっぱり悩みはいろいろあります」

相馬は、思わず眉《まゆ》を顰《ひそ》めてしまった。湯ノ原の話では、問題は解決したということだったし、土橋本人もやって行けそうだと言っている。だが、話はそう単純では無かったのかもしれない。

「他にも困ったことが？」

そう問いかけると、土橋はこくりと肯いた。

「また、話を聞いてもらっていいですか？」

この場で話せることではないのだろう。相馬も、食事を済ませたら、見学者を外来宿舎に連れて行き、風呂《ふろ》にも案内しなければならなかった。

「二〇時でどうかな。場所は同じ所で」

相馬の近くでは、見学者も食べている。彼らを飲酒もできるクラブに連れて行く予定はない。それに、クラブの存在を知っている者もいるだろう。相馬が〝クラブ〟の単語を伏せて話すと、土橋は、肯いて言った。

「大丈夫です。あ、湯ノ原先輩にも声をかけて行きます」

そう言うと、ぺこりと頭を下げ、彼女も食事を取りに行った。相馬が正面に向き直ると、裾花が目をしばたたいていた。

「まだ問題があるんでしょうかね」

相馬は、首を振って言う。

「そんなに、深刻な感じではなかったけど、どうだろうな。風呂に案内したら、行ってくるよ」

「構わないですが、江戸三曹に話しておいて下さい。私は女の子の方を見るので」

江戸は、食事の前に、明日の見学予定部隊に調整に行っている。彼には去年の土橋のことも話していないので、少しは経緯を話して頼む必要があるだろう。

「OK、女の子の方は頼むよ」

トラブルが起きれば、土橋の方は断らなければならなくなる。程度の差はあれ、自衛隊への就職を考えている子達なので、そうそう大きな問題が起きるとは思えなかったが、参加者同士は、ほとんど見ず知らずの関係だ。不測の事態も起りえる。

相馬は、食事を再開し、可能性でしかない見学者のトラブルではなく、土橋のことを考えた。深刻そうではなかったし、いっしょに連れてくると言っていた湯ノ原自身は、問題があるように言っていなかった。

「考えても分からないな」

そう独りごちて、あと一口になっていた食事をかき込んだ。

隊員クラブ

相馬がクラブに到着すると、入口で二人が待っていた。二人ともジャージ姿だ。学生のジャージ姿と自衛官のジャージ姿はどこか違う。土橋のジャージ姿からも、学生臭さは抜けていた。

「先に入っていれば良かったのに」

相馬の言葉に、湯ノ原は「虫が寄ってくるんです」と外で待っていた理由を教えてくれた。確かに、WAFが二人連れで飲んでいれば我先にと群がってくる虫は多いだろう。相馬が先に立って入ると、幸い壁際の席が空いていた。腰を下ろして土橋に問いかける。

「土橋一士は、まだソフトドリンクか？」

一年遅れの入隊なので、誕生日によっては飲めるはずだ。

「先月、二十歳になりました。私もビールで」

三人分のビールとつまみを注文し、まずは去年の問題の顚末《てんまつ》を聞くことにする。やはり気になっていたし、現在進行形の問題を話している途中に、注文が届いても間が悪い。

「去年のなんとか隊長の件は、結局どうなったんだ？」

そう言うと、土橋が姿勢を正した。

「あの時は、本当にありがとうございました。相馬二曹のアドバイスが、本当に役に立ちました」

そう言われるとありがたいが、大したアドバイスはしていない。そもそも、詳細を知らないのだから、的確なアドバイスなどできようもない。心理的に参っていた土橋が、精神的な面で立ち直れるようにとアドバイスしただけだ。相馬は、疑念に眉を顰めた。

「心構え的なことしか言わなかったと思うけど？」

「でも、とっても役に立ちましたよ」

土橋は、テーブルに身を乗り出すようにして言ってきた。

「何がどう役に立ったの？」

相馬は、土橋ではなく湯ノ原に問いかけた。土橋は興奮気味で、質問に答えるよりも、自分の気になっている方向に話が行ってしまいそうだ。湯ノ原に事情を聞いた方がよさそうに思えた。

「やはり、精神的な面が大きかったんだと思います。前向きになったことで、気が楽になったでしょうから」

土橋は、しきりに肯《うなず》いていた。

「それに……」

湯ノ原は、そう言って土橋を流し見る。それは困った悪戯っ子を見る母親のような目だった。

「何でもやってみればいいって言ってましたよね」

湯ノ原の問いかけに、記憶を呼び覚まして首肯する。

「吹っ切れたというか、腹が決まったのかもしれませんけど、本当に〝何でも〟やったんですよ」

　土橋は、何をやらかしたのだろうか。相馬は、ちょっと照れたような顔をしている土橋を見やって湯ノ原に先を促した。

「最初は、泣いたんだったよね」

　湯ノ原は、半ば問いかけるように土橋に言う。彼女も肯いた。

「相馬二曹に話を聞いてもらう前から、時々泣いてたんですけど、それまではトイレだったんです。でも、話を聞いてもらった後で、喫煙所の前を泣いて通ったんです。隊長はたばこを吸うので、時折そこで一服しています」

「会計隊長に、泣いているところを見せたってこと？」

　相馬の問いかけに、湯ノ原は肯いたが、当の土橋は慌てたように否定した。

「違います。隠れて泣こうと思ったんですけど、泣けちゃったんです」

「それを隊長が見咎《みとが》めたってこと？」

　細かい部分を聞いたところで意味が無さそうだ。相馬は、核心部分を尋ねた。

「はい。ただ隊長も、契約班長に言っておくから、また同じようなことがあったら報告しなさいと言っただけみたいです」

　湯ノ原の言葉を肯定するように土橋が肯く。

「それだけだと、とても状況は改善しそうにないよね」

そう言って、先を促すと、注文したビールとつまみが届いた。とりあえず乾杯する。

「それでは、U地本の基地見学の平穏無事な成功と土橋一士の問題解決を祝して」

ジョッキに注がれたビールの減り具合を見ると、相馬が飲んだ一口よりも、土橋の一口の方が多いように見えた。小柄なのに酒は強いようだ。優秀な肝臓がうらやましい。ともあれ、話を戻してその後の経過を湯ノ原に聞く。

「班長が席を外している機会を狙っていたみたいです」

土橋が少しばかり頬を赤らめていた。酔ったのではなさそうだ。

「装備隊長の電話を土橋一士が取った時に、『班長に代われ』と言われたんです」

「だから『分かりました。少々お待ち下さい』って言って、隊長に代わってもらったんです」

土橋が意図的にやったらしい。装備隊長としては、自分の言うことを聞きそうな契約班長に話すつもりで、会計隊長に話を回されてしまったことになる。泣いていたところを見せたのか、見られたのか分からないが、その時に事情は話してあっただろう。

装備隊長の焦りが目に見えるようだ。

「会計隊長の方が立場は上だよな？」

同じ隊長と隊長、階級的にも、役職的にも大差はないはずだ。しかし、予算執行に関しては当然会計隊長の方が力を持っている。

「決裁権者については、団司令や副司令、一部は群司令なんですけど、会計関係規則に合致しているかとか、専門知識に関しては基群司令が会計経験者でもなければ、当然会計隊長が一番です。会計隊長がＮＧと言えば、団司令だってやれとは言いません」

「だよな」

自衛隊は、外部から叩《たた》かれることをことさら警戒している。会計不正などは、その最たるものだ。たとえ航空団司令がわがままを言ったとしても、会計隊長が規則に反していると言えば、わがままを押し通せる団司令はいない。ましてや、装備隊長程度では話にならないだろう。

「隊長は、装備隊が持続走に力を入れることはいいことだし、そのために会計としてできることは十分にやっている。個人的関係を利用して、ゴリ押ししないで下さいって言ったらしいです」

相馬は、土橋の顔をしげしげと見た。なかなか恐ろしいことをしたものだ。

「以後、ゴリ押しは収まったの？」

「装備隊長から電話がかかってくることもなくなりました」

土橋が自慢げに答えた。湯ノ原は肩をすくめている。一士が考えた策謀としてはなかなか強烈だ。もっとも、涙を見せた部分が意図的だったのかは分からない。とは言え、解決したのだったら、それでいい。

「まあ、結果オーライだろう」

なんだか惚《ほう》けてしまいそうになるものの、今日の本題は、別の話のはずだ。土橋の相談事を聞かなければならない。

「で、今度は何が問題なのかな。湯ノ原三曹からは、深刻な話があるとは聞いてなかったんだが」

相馬がそう言うと、土橋は空になったジョッキをテーブルに打ち付けた。

「いろいろと大変なんです！」

どうにも、土橋の話は怪しげだ。湯ノ原の顔を見ると、彼女は肩をすくめている。土橋の言いたいことは理解しているようだが、それを深刻には捉《とら》えていないように思えた。そのためか、湯ノ原が説明してくれる様子もない。

相馬は、本題に入る前に、ビールのおかわりをオーダーした。自分の分と土橋の分だ。湯ノ原はまだジョッキに半分ほど残している。

「で、何がどう大変なの？」

土橋の〝問題〟を一言で言えば、よくあるグチだった。装備隊長のゴリ押しの時に、班の先輩が助けてくれなかったことも影響しているのかもしれない。その先輩方の職務態度だったり、土橋への接し方だったり、更には会計隊の他の班が契約班の苦しい時に助けてくれないとまで言っていた。

一口に会計隊と言っても、班ごとの職務はかなり異なり、業務が多忙となる時期にも違いがあるらしい。相互に支援すればいいのに、湯ノ原のいる給与班は冷たいなどと愚痴っている。

果てには、分屯基地の会計業務が岐阜基地に集約され、業務が大変になったという話まで出てきた。以前は、近傍の分屯基地にも会計機能があったそうだ。それを、合理化のために飛行場のある大きな基地に集めたらしい。

「昨今の情勢では、仕方ない話なんじゃないの？」

「私は昔のことは知らないですけど、業務量がすごく増えたそうです」

「でも、機能集約ってことは、分屯基地にいた会計の要員は異動したはずだ。こっちは増員されたんじゃないの？」

相馬が会計業務に詳しくないということもあるだろうが、何が問題なのか良く分からない。

「契約班にも、白山《はくさん》にいたっていう先輩が一人います。でも増えた業務量に見合ってないと思います。それに、その白山にいた人なんかは、マザーベースが白山だったのに、帰れなくなってしまったって言ってました」

空自にはマザーベース制度というものがある。空自の場合、曹でもかなり頻繁に異動をさせる。その代わり、マザーベースとして登録した基地に、定期的に戻ってくることができるようになっている。とは言え、土橋の話のように、マザーベースとして登録した基地に自分の特技職の配置がなくなってしまうこともあるし、入隊する隊員の地域的偏りがあるため、なかなか希望通りにはならないことも多い。

「それは会計に限った話じゃないと思うぞ」

相馬が反論すると、土橋はむきになったのか、今度は自分の仕事のことを話し始めた。

「それに、高蔵寺《こうぞうじ》は近いですけど、白山とか饗庭野《あいばの》なんて結構離れてるんですよ。そっちに納品してもらう物まで、こっちで契約するんです。大変なんですよ」

「現地に行かなくたって、契約できるだろ？」

いささか面倒になってきて、おざなりに返答する。すると、土橋は尚《なお》のことヒートアップしてきた。

「でも、見積もりをもらおうとしても、会計隊には電子メールのアドレスさえないんです。『ファックスで送って下さい』って頼んでも、そんなもの持ってないって言われちゃうんです」

今の時代、ファックスがないのは仕方ないだろう。

「アドレスが足りないのは、地本も一緒だよ」

「そうなんですね。でも、会計隊は足りないんじゃなくてないんです。一つも」

それは確かに酷《ひど》いと思うが、それを聞かされても、相馬にはどうしようもない。とは言え、土橋にそれを告げたら、さらにグチを聞かされそうだ。

「一つもなかったら、どうしているの？」

「郵送して下さいって、お願いしてます」

さすがに絶句してしまった。今時、見積もりを郵送で送ってもらう会社はないだろう。送ってくれる会社も、よほど自衛隊への納入にうまみがなければ対応してくれないかもしれない。地本よりも酷い。見学者にはおいそれと聞かせられない話だった。

しかし、会計隊の状況がよろしくないことが分かっても、相馬にどうこうできる話ではないし、土橋が相談したかった話がこれなのかは疑問だった。

「ところで、土橋一士が聞いてもらいたい話っていうのは、このことなのか？」

そう言うと、土橋一士は背筋を伸ばして座り直した。

「えと、関係しますけど。本題じゃありません」

相馬も姿勢を正した。しかし、湯ノ原は、変わらずあきれ顔で枝豆をつまんでいた。

「私は、装備隊長の件がなんとかなったので、まだ頑張ろうと思ってます。でも、今年になって会計隊に配属された後輩が、私と同じように辞めたいって言ってるんです。二人ともWAFじゃなくて男性隊員です。会計班と給与班に一人ずつ配属されました。何とかなりませんか？」

目が点とは、今この瞬間の自分のことだろう。相馬は、そう思った。

「ちなみに、その二人はU県出身なの？」

「違います。一人は北海道。もう一人は九州のどこかだったと思います」

相馬は、心の中で胸をなで下ろすと、どう言えば良いか考えた。どう考えても、土橋は考え違いをしている。湯ノ原の態度を見ると、彼女もそれを指摘したものの、土橋は納得していないのだろう。

「彼らが辞めると、地方協力本部も、また募集をしなくちゃならなくて大変ですよね。だから、私のことも気にしてくれたんですよね。相馬二曹が相談に乗ってくれるとか、出身の地本の人が連絡してくれるとか、何とかならないでしょうか？」

『ならないよ！』

心の中で叫びながら、相馬は、返す言葉を考える。確かに地本とすれば、入隊したばかりの者が退職すれば、地本の仕事が疑問視されることもある。それに、退職者が出れば、その分補充をしなければならず、募集の仕事が増えることになる。だから、早期の退職者が出ないように願っている。

しかし、部隊配属された隊員の早期退職を防ぐことは、あくまで部隊が考えなければならない問題だ。

地本が行う早期退職の防止は、今回の基地見学会のように入隊希望者に自衛隊の姿を極力正確に伝え、入隊した後になって『思っていたのと違う』ということにならないようにすることだ。

そのことは、誤解してしまった土橋にも理解してもらわなければならない。

「土橋一士の話を聞いたのは、たまたまこの基地に見学に来て、たまたまU地本から入隊したばかりの土橋一士を見かけたから。そして、たまたま土橋一士の置かれた状況が、入隊からまもない隊員のそれとは思えなかったからだ。入隊した隊員の相談に乗るのは地本の仕事ではないし、部隊のことに口を出そうものなら、逆に怒られたっておかしくない。たまたま、土橋一士の顔を覚えていたから話を聞いただけだ。地本の広報官として話を聞いたのではなく、一人の人間、一人の先輩自衛官として話を聞いただけなんだよ。土橋一士には悪いけど、その後輩の話を、聞いてあげることはできない」

そう告げると、土橋は大きく目を見開き、息を呑《の》んで固まっていた。そして、相馬の言葉を呑み込むと、去年と同じようにうなだれた。

「土橋一士」

相馬は、彼女が言葉を呑み込むのを待っていた。呼び掛けて顔を上げさせると、最も大切なアドバイス、彼女の後輩ではなく、彼女自身にかけるべき言葉を告げた。

「たった一年、されど一年だ。その一年分、土橋一士は先輩だ。自衛隊を辞めることも考えた先輩なんだ。先輩なんだから、今度は土橋一士がその後輩を助けてやらなきゃいけないいんだぞ」

そう告げると、彼女は目を見張っていた。

「それに、もっと頼れる先輩だっているだろう」

湯ノ原に視線を向けると、土橋も彼女を見る。

「〝頼れる〟先輩じゃないですけど」

そう言ってはいるが、去年も今年も、土橋は湯ノ原に付いてきてもらっている。それは、頼られていることに他ならない。

土橋は目線を落として考えていた。相馬がジョッキをあおり、視線を彼女に向けると、彼女はゆっくりと顔を上げた。

「私も、もう先輩なんですね」

そう言って、再び湯ノ原を見る。彼女のようにならなければと思っているのかもしれない。

「分かりました。できるかどうか分かりませんけど、やってみます」

彼女は、バイトをしながら入隊試験に再チャレンジした小さな頑張り屋に戻っていた。相馬は、深く肯《うなず》いて微笑んだ。


その後は、何故か再び土橋のグチを聞かされることになった。ただ、それは彼女が、二杯目のジョッキを空けるまでだった。彼女は、空になったジョッキをテーブルに置くと、一人で立ち上がった。

「お先に失礼します。やっぱり悔しいですし、勉強します！」

土橋の話は、どうにも脈絡がない。

「何がどう悔しくて、勉強することになるんだ？」

土橋は、真一文字に結んでいた口を開いた。

「後輩を助けてやろうとしても、私じゃやっぱり力不足です。先輩に掛け合っても『こんなことも知らないくせに、口を出すな』って言われます。それに、隊長に装備隊長と話してもらった時も、隊長が何を言っているのか分からなかったんです。だから、規則を勉強したいと思います」

自衛隊も役所の一つなので、大量の規則に従って運営されている。会計のような予算や契約に関係する部署では尚更《なおさら》だ。

「まず、何を勉強するの？」

土橋のとなりで涼しい顔をした湯ノ原が尋ねると、土橋は鼻息荒く答えた。

「航空自衛隊会計事務取扱規則です！」

当然のことながら、相馬は空自の会計については詳しくない。それでも、名前を聞けば、かなり基本的な規則だということは想像できた。

「それって……」

湯ノ原に解説を求めると、彼女はこくりと肯いて言った。

「最も基本的な空自達《たつ》です」

「基本が大切じゃないですか！」

土橋が急に顔を赤らめて言う。先ほどまでは、それほど赤くなってはいなかった。しかし、やる気になっているなら茶化すのは止めておこう。

「そうか。頑張れよ」

「去年も今日も、ありがとうございました。千円くらいでいいですか？」

「いいよ。その代わり、ちゃんと後輩の面倒を見てやれよ」

相馬が手を振って財布を出そうとする土橋を押しとどめると、彼女はぴょこんと頭を下げて、隊員クラブを出て行った。正面に向き直って湯ノ原を見ると、あきれ顔で嘆息していた。

「おかわりは？」

湯ノ原のジョッキも空だ。

「じゃあ、もう一杯だけ」

湯ノ原は、土橋に引っ張られてきたはずなのに一人だけ残された形だ。

「手のかかる後輩だね」

「でも、ひねくれてはいませんから……ちょっと頑固で、少しだけずれているところには手を焼いてますけど」

十分に大変そうだ。

「頼りにされているのだから大したものだよ。苦しい時に、誰も頼れる人がいないと、実際の状況以上に辛《つら》くなる。身近に頼ることのできる存在がいることで、土橋一士は、相当に助かっているはずだ」

「頼ることのできる存在……ですか。頼れる先輩じゃなくてもいいんですかね？」

「十分だと思うよ。頼れる先輩なんて、そうそういるもんじゃないよ」

少なくとも、相馬自身は頼れる先輩になれたと思ったことはない。湯ノ原は、いい先輩だ。まだ必要なものがあるとしたら、それは経験だけのはずだ。

後は時間が解決してくれる。相馬は、まだ伏せられている湯ノ原のまつげを見ながら話題を切り替えた。

「それにしても、土橋一士は、マイペースだな」

「前はそうでもなかったんですけど、例の装備隊長のことがあってからは、あんな感じです。あれが元々の性格なんだと思いますけど」

「まあ、そうだろうな」

猫をかぶったまま、無理をしていたのかもしれない。

「でも、良かったよ。去年は結構一杯一杯な感じだったから、安心した」

「去年はともかく、今はもう大丈夫だと思います」

「不満たらたらだったけど、本当に大丈夫かな？」

相馬も、この程度なら大丈夫じゃないかとは思っている。それでも、去年の様子を覚えていると、不安も残る。

「彼女は、意外としっかりしてます。相馬二曹は、入隊前の彼女しかご存じないので、危なっかしく思うかもしれません。でも、まだ一年半とは言え、部隊で揉《も》まれているんです。装備隊長のことにしても、いい経験だったのかもしれません。今の彼女は、結構したたかですよ」

「そうならいいけどね」

「まくし立てていた不満にしても、彼女にとっては、あれ自体がストレス解消なんだと思います。WAF隊舎にいても同じような調子ですから」

「なるほど」

相づちを打ってみたものの、老婆心なのか不安が拭《ぬぐ》いきれない。それが顔に出ていたのかもしれない。湯ノ原は「確かに大変は大変みたいですけどね」と前置きして、言葉を継いだ。

「ここの払いだって、奢《おご》ってもらうつもりだったんじゃないでしょうか。まだ辞めることを考えているんだったら、地本の広報官に奢ってもらうようなことはしないはずです。そのくらいの配慮はできる子ですから」

先輩が後輩に奢るのは、自衛隊の伝統のようなものだが、それでもそれなりに線引きはある。普段から接している先輩WAFが、ここまで言うのなら、土橋は大丈夫だろう。

「そうだね」

今度は、実感のこもった相づちだった。

「ですけど」

湯ノ原は、そう言うとテーブルに身を乗り出して声を潜めた。

「土橋一士はもてるんですよ。分かると思いますけど、かわいげがあるというか、周りの男どもにとっては、ほっておけない感じがあるんでしょうね。それに、明るくてあけすけな性格もあって、声を掛けやすいんだと思います」

そう言われて思い返せば、去年も今年も、クラブで話を聞いていると、妙に刺さる視線が多い。

「だから、あっさりと結婚するかもしれません。あの子は結婚しても自衛官を続けそうですけど、子供ができると大変なのは間違いないですから」

女性自衛官が増えたとは言え、それでも男女比率はアンバランスだ。それに、自衛隊は、外出もままならない閉鎖社会。もてる女性自衛官は、本当にもてる。

そして、結婚後に夫婦共に自衛官を続けることはなかなかに難しい。防衛省は、産休取得の推進など施策を講じているものの、両親ともに自衛官を続けるためには、保育園への入園など日本社会全般の環境が厳しすぎる。

「その時は仕方ないさ。祝ってやるしかない」

相馬の中では、土橋は、まだ高校生だった頃のイメージが強かった。しかし、先輩から気にされるだけの人間関係を作り上げ、ちゃっかり相馬からも奢ってもらうしたたかさも身につけたようだ。

「馴染《なじ》めたようで、何よりだ」

相馬は、独りごちてジョッキを呷《あお》った。相馬にとっても、土橋はかわいい後輩の一人だったし、入隊に関わった縁もある。さっさとさらって行く男に憎々しい思いも感じないではない。

しかし、霞《かすみ》が関《せき》の財務省よりも、もっとしたたかで強力な〝財務省〟が誕生することになると思えば、溜飲《りゅういん》を下げることもできた。会計を熟知した奥さんがいては、現金支給される防衛省共済組合の還付金をちょろまかすこともできないだろう。

5話　揺れる進路と思い違い

懸案

合同庁舎ビル一階のエントランスの一部には、ベンチと共に、自衛官募集のパンフレットを入れたラックが置かれている。それだけでなく自販機も設置されている。ビルを訪れる人が、ちょっとした休憩をとるためのスペースだが、外来者がいなければ、地本勤務者も利用する。

募集課の相馬二曹が、グレープフルーツジュースを飲んでいると、地本長の鍋屋が小銭入れを持ってやってきた。制服姿で、かわいらしい柄の小銭入れを持っている姿は少しシュールだ。子供からのプレゼントだろうか。

「お疲れ様です」

相馬が声をかけると、鍋屋は鷹揚《おうよう》に「おぅ」と返して自販機に向かう。相馬の予想したとおり、鍋屋はいつもと同じ缶コーヒーを買った。

「いつもそれですね。前の地本長も、銘柄は違いましたがいつも缶コーヒーでした」

「あぁ。なんでだろうな。缶コーヒーを飲むパイロットは多いんだ」

前任の地本長もパイロットだった。缶コーヒーは、空自パイロットの習わしなのだろう。かなり糖分が多いはずなので、健康上問題がないのか訝《いぶか》しむ。そんなことを考えていると、鍋屋に問いかけられた。

「岐阜の基地見学は、埋まりそうか?」

U地本計画の岐阜基地見学を予定している。鍋屋が地本長として着任して初めての地本計画広報イベントだ。定員枠が埋まりそうか気になっているのだろう。

「もう希望人数は枠を超えています。募集を念頭にした見学なので、なるべく募集に繋《つな》げられそうな子を優先して参加者を決める予定です」

相馬が答えると、鍋屋は「それなら良かった」と言って缶コーヒーを口にする。ホッとした様子の鍋屋を見て、相馬はふと思い出したことを尋ねてみた。

「地本長は、確かU西高校の出身でしたよね?」

「そうだが。それがどうかしたか。U西からも参加希望者がいるのか?」

U西高校は、U県有数の進学校だ。U西高の平均レベルは、防衛大学校の合格ラインよりもかなり上だった。

「はい。家庭の経済事情で、国公立でも進学が難しい子で、防大進学を考えてくれている子が一人います」

「おお、そうか。成績は問題なさそうか？」

「はい。U西の中でも優秀らしいので、受けてさえくれれば合格するでしょう。入隊すれば、いろんな意味で地本長の後輩になるかと思います。U西卒で防大卒になりますし、空自を希望しています」

「パイロット希望か？」

後輩になると言ったことで、鍋屋が誤解したようだ。

「いえ。パイロットではなく、気象希望です」

「気象希望か。貴重だな」

気象は、陸上自衛隊でも海上自衛隊でも必要とされる。中でも、天候によって航空機の運用能力に多大な影響を受ける航空自衛隊は、優秀な気象幹部を特に必要としている。ところが、自衛隊の中では地味に映るのか、今ひとつ人気がない。絶対に気象をやりたいと言う友永《ともなが》少年は確かに貴重だった。

「はい。ですので、是非防大を受けて欲しいと思っています」

相馬の言葉に、鍋屋も大きく肯《うなず》いた。

「そうだな。それにしても気象希望の成績優秀者か……陸海空で取り合いになりそうだ。本人が空自希望なら、若干有利か」

防大では二年次への進級の際に、陸海空に振り分けられる。気象を希望する隊員で成績優秀となれば、陸海空それぞれから派遣されている教官同士が、彼を取り合うことになるだろう。

「それは、さすがに捕らぬ狸の皮算用じゃないでしょうか」

相馬は、苦笑して言葉を継ぐ。

「空自希望と言っても、自衛隊に入るなら空自希望という話で、まだ防大受験を固めてくれている状況ではありません。だからこそ、基地見学で気象隊を見せることで、受験の意志を固めてもらえるようにしたいと思っています」

「それもそうだな。気象隊にも頑張ってもらうように言うか」

「そうして頂けると助かります。事前に伝えてもらえば、入念に準備できると思いますから」

「分かった。俺から岐阜の気象隊長に電話をしておこう」

休憩の雑談で、懸案の一つが解決してしまった。岐阜基地の気象隊に、どうやって配慮をお願いするか悩んでいたのだ。

「是非、よろしくお願いします」

相馬は、残っていたジュースを飲み干すと、空き缶を回収ボックスに放り込んだ。

依頼

小一時間もしない内に、鍋屋から「話はしておいたぞ。細部は連絡してやってくれ」と告げられた。上で話を通してくれた以上、実務者としては速やかに必要な情報を送らなければならない。相馬は、すぐさま岐阜基地の気象隊総括班に電話をかけ、隊長の野々村《ののむら》三佐につないでもらった。

「U地本、募集課の相馬二曹と申します」

「鍋屋一佐から話は聞いた。どんな学生だ？」

相馬は、鍋屋にも話した学生の事情を告げた。

「優秀で、気象予報を専門にやりたいとなると、防大以外も考えているのか？」

「はい。ただ、家庭の経済状況もあり、できれば経済的負担にならないところにしたいそうです」

「それで自衛隊か。気大《きだい》は……考えなくてもいいな。こちらは、気象隊の業務に関心を持ってもらえばいいんだな？」

　気大というのは気象庁の大学だろうか。疑問が浮かぶも、野々村が考えなくてもいいと言うなら、相馬が気にする必要もないだろう。質問に答えることが重要だ。

「はい。ただ、その学生は、とにかく予報をやりたいそうなんです。私もあまり細かなところまで承知していないんですが、気象隊は、独自の予報をされているんですよね？」

「もちろんだ。航空機を運用するために、気象庁の予報だけでは事足りないから気象隊があるんだ。気象庁の予報が受け取れない時のためのバックアップじゃないんだぞ」

「失礼しました。独自の予報をやっているという点をアピールして頂けるとありがたいです。その特殊さや難しさを話してもらえたら、興味を持つと思います」

「分かった。航空機運航のための航空気象は、気象庁でもやっているが、民間航空は安全が最優先だから安全マージンが大きい。その分、シビアでないとも言える。自衛隊は危険であっても飛ぶことを求められることも多い。そのため、航空気象は、とにかくシビアだ。そのあたりを、説明させるようにしよう。それに、気象庁の航空気象は、観測業務の自動化が進められていたりと、関わる人間が減っている。予報を一生の仕事にしたいなら、アピールはできるはずだ」

　野々村の言葉には、少々理解が及ばなかった。しかし、友永少年は、とにかく予報をやりたいと言っていた。彼を引き込めそうな材料はありそうだ。

「なるほど。是非、その線でお願いします」

「空自のアピールもして良いんだろうな？」

「はい。しかし、まずは防大に入ってもらわないことには、どうしようもないので、ほどほどにお願いします」

　部隊としても、メリットがあれば真剣に対応してくれるだろう。相馬は、望ましい展開に満足して、受話器を置いた。

重要任務

　開け放たれたドアの前に立ち、井村《いむら》曹長は直立不動の姿勢を取った。

「井村候補生、入ります」

　迷彩作業衣の襟には、大きな金色の幹部候補生徽章《きしょう》が輝いている。井村は、部内幹候と略される部内幹部候補生の試験に合格し、それまで三曹だった階級は、二曹、一曹を飛び越して、一気に曹長に昇任していた。そのため『曹長』と名乗っても全く問題はない。しかし、少し前まで三曹だった身で曹長を名乗ることがおこがましかった。年齢も、とても曹長が似合うほどいってない。だから、この時も『候補生』と名乗った。

「ああ、ちょっと待ってくれ」

隊長室に入室すると、岐阜気象隊長の野々村三佐は、机の前をボールペンで指し示して言った。どうやら目を離したくない文書を見ていたようだ。右手にもったボールペンを、クルクルと回している。デスクワーク中の野々村の癖だ。小学生の時に極めたという自慢にもならない自慢話を聞かされたことがある。井村は、隊長の正面に立つと〝休め〟の姿勢で野々村が頭を切り換えるのを待った。

野々村は、三〇秒ほどで目を上げた。ここで〝気をつけ〟の姿勢を取り、聞く態度を示すことが、自衛隊員としては本筋だ。しかし、隊長とその部下である隊員の関係、そして普段の業務でそこまでの儀礼は必要とされない。井村は〝休め〟の姿勢のまま、メモを取る準備をして、話を聞く態度を示した。

「一つやってもらいたい仕事がある」

「なんでしょうか。急ぐ仕事だと少し厳しいですが」

井村は、奈良にある幹部候補生学校に入校、卒業すれば、三尉に昇進し幹部となる。今は、幹部候補生となったばかりで、階級こそ曹長であるものの、実態としては、幹部でも空曹でもない特殊な立場だった。配置も、それまでの観測班から総括班に異動になっている。

そして、そのような特殊な立場だからこそ、各種の付加業務を申しつけられる事が多い。付加業務と言えば聞こえは良いが、有り体に言えば雑用である。結構、忙しかった。野々村に呼ばれたのも、新たな雑用の命令に違いなかった。

「いや、先の話なのでゆっくり準備してもらえばいい」

野々村は、そう前置きすると本題に入った。

「岐阜基地では、例年U地本計画の基地見学を受け入れている。入隊希望者、というか入隊検討中の高校生や大学生、それに一部社会人を対象にした隊員募集を念頭に入れた見学会だ」

「確か、三年くらい前にも、うちに来てたような気がします」

野々村は、一年ほど前に着任している。前回気象隊で見学者を受け入れた時の事は知らないはずだ。井村は、やっていたことは覚えていたが、当時は関係していなかった。

「そうか。二日間の日程だが、基地の全部隊を見るなんて無理だから、見学する部隊は、例年持ち回りだそうだ。で、また気象隊が受け入れる番になっているらしい」

「もしかして、説明係でしょうか……」

「お、察しが良いな」

呼ばれてこの話なら、よほどのアホでも察するだろう。

「分かりました。時間はどのくらいですか?」

「一時間少々になるらしい。細部は基地の広報を通じて調整することになっている。その調整もやってくれ」

ほぼ何も知らない学生相手とは言え、一時間以上も説明を続けるのは大変だ。それに、聞かされる学生の集中力も続かない。

「一時間以上ですか、結構ありますね。観測機材も見せて構いませんか?」

気象隊は、最終的なアウトプットとして気象予報を行う。そして、そのために各種の観測機材を保有、運用している。

「もちろんOKだ。ただ、レーダーと屋上だけにしておいた方がいいんじゃないか?」

気象レーダーは、専用のタワーが別の場所にある。そして、この気象隊庁舎の屋上にも若干の観測機材がある。さらに、任務の特性として滑走路の気象情報を観測することが重要なため、滑走路脇に観測機材が設置されている。それを見せるために、滑走路脇まで行っても良いのだが、飛行場勤務隊と調整した上、飛行場で守らなければならない注意事項を知らない学生を連れて行くのは面倒だった。

「確かに。見学者となると飛勤隊との調整も面倒だと思うので、考えます」

また付加業務が増えることになったが、急ぎでなければ問題はない。良くある雑用の一つだ。とりあえずは、基地の広報に担当を命じられたことを伝えて、細部を確認しておけば十分だろう。先に急ぎの仕事を片付けなければならない。

「ちょっと待て、話はまだ半分だ」

井村が戻ろうとすると、野々村から呼び止められた。

「U地本の地本長は空自でな、そのせいもあるのかもしれないが、電話がかかってきた」

「隊長に直接ですか？」

井村は驚いて尋ねた。自衛隊は、何事も指揮系統で命令が下り、初めて行動に移す。地本から直接気象隊長に連絡が来ることは異例だった。

「ああ、ただ別に大事《おおごと》って訳じゃない。今年の見学者の中に、防大受験を考えている高校生で、将来気象に行きたいと言っている学生がいるらしい」

「それは……貴重ですね」

　航空自衛隊において、気象は非常に重要な仕事だったが、如何《いかん》せん地味だ。入隊者が気象を希望することは少ない。それに、井村のように部内幹部候補生となっても、その際に別の特技の幹部になることを希望する者もいる。気象特技の幹部の仕事は、予報官として気象予報を作成し、それをブリーフィングすることだ。非常にストレスのかかる仕事。最初から気象を希望する学生は貴重だった。

「そうだ。しかも成績は結構優秀らしい。是非、防大を受けるだけじゃなく、空自に来たくなるように、しっかり準備してくれということだ」

　空自出身の地本長が、隊長に電話してくることも肯《うなず》けた。地本以上に部隊側にとって意義のある話だった。

「なるほど。責任重大ですね。しかし、それなら私ではなく、総括班長か他の予報官にやってもらった方が良いんじゃないでしょうか？」

　気象特技の幹部は、予報官として気象予報を作成する。空曹士は、観測員として気象現況の観測が主任務だ。観測員が予報官の支援をすることはあっても、予報作成自体は予報官の仕事だったし、報告やブリーフィングも予報官が行う。

幹部候補生になったばかりの井村は、観測員としては実務を経験していたが、予報官の経験はない。ブリーフィングの場に出向き、プレゼンテーションソフトを動かしたりといった手伝いをすることもあるため、仕事の内容はある程度は知っているものの、自身の経験談を話すことはできない。

「馬鹿を言うな、総括班長も他の予報官も暇じゃないだろう」

「それもそうですが、私も決して暇では。それに……」

任務の達成に不安を示したつもりだったが、業務負担の話にされてしまった。仕事から逃げようとしていると思われてしまったのかもしれない。

「急ぎじゃないんだから問題ない。それに、予報官の仕事の説明くらいできるだろう」

それはそうだったが、表面的に知っていることと、体験したことの差は大きいはずだった。

「説明だけじゃなく、説得というか誘導しなければならないんですよね？」

「当たり前だ。説明して誘導する。幹部になれば、日々似たような仕事だ。これもＯＪＴの一つだと思って、しっかりやれ」

ＯＪＴは、On the Job Training の略で、早い話が実務を通じて技能を磨くことだ。こう言われてしまうと、もう井村に返す言葉はなかった。

「了解しました」

力なく答えて隊長室を辞す。自分の席に戻り、どうやって説明、説得するか考えた。気象を希望する優秀な学生で防大を出るとなれば、将来井村の上司になるかもしれない人材だ。嫌々気象に配置されてしまった上司ではなく、本当に気象に理解のある上司になってくれればありがたかった。

井村自身は、気象のおもしろさも感じるようになっていたが、やはり地味なこともあって職種としての人気は低いし、その重要性に反して、空自の中でも部隊が重視されているとは言えなかった。施設や機材の更新が滞っていることも珍しくない。気象が好きで自衛隊に入ってくれる人材がいるなら、そうした問題の解決にも力を尽くしてくれるはずだった。是非とも入隊してもらいたかった。

しかし、入隊に誘導するとなると難しい。やはり、気象の意義を理解してもらい、将来は、空自気象部隊を背負って立つのだと思ってもらうしかないだろう。

とは言え、見学者への説明プランをしっかりと考えるためにも、目先の仕事を片付けなければならない。基地の広報に連絡を入れると、井村は、付加業務という名の雑務を処理し始めた。

気象レーダー見学

　基地見学二日目の午後、相馬は最後の部隊、気象隊に見学者を連れてきた。気象レーダーのタワーを見上げ、U西高二年生、友永のテンションは、明らかに他の見学者と違っていた。

　レーダータワーの外見は、一言で言えば葱坊主《ねぎ》だ。細長いタワーの上に球形のレドームが載っている。外からでは動く部分も見えないため、本当にただの葱坊主だ。他の見学者は、落ち着かない様子ではあるものの、特段感心した様子ではない。興奮状態なのは友永だけだった。その様子は、魚に詳しい某ハイテンションタレントのよう。天気クンとでも呼べば良いのだろうか。実際、学校では似たようなあだ名で呼ばれているらしい。

　目を輝かせている友永の顔を見て、相馬は改めて彼を基地見学に参加させられて良かったと思った。それは、彼が本当に気象に興味を持っているからだけではない。彼の防大受験は、まだ揺れているからだった。

　もちろん、最終的な判断は本人が下すことになる。しかし、友永の担任教師が防大受験に反対しているらしい。良くある政治的な理由ではなく、彼の成績からしてもっと上の大学を狙えるからだそうだ。奨学金をもらって一般大学に進学することを薦めているらしい。本当に優秀なのだろう。

「今日は見学のためにレーダーを停止させているので、タワーの上まで上ります」

気象隊の案内役は、襟に大きな金色の幹部候補生徽章《きしょう》を付けた井村曹長だ。鍋屋が気象隊長に連絡してくれたおかげで彼から連絡をもらい、友永の情報も渡して見学の準備をしてもらった。

『隊長からも言われていますので、最大限の配慮をします』

とは、彼の弁だ。わざわざ気象レーダーを停止させて中を見せてくれるらしい。天候は曇天で、観測の必要はあるのではないかと思われたが、一時的な停止なら問題ないのかもしれない。

「一階は、発発庫、つまり発動発電機置き場になります。基地の外からの給電が止まった場合でも、レーダーを動かすための非常用電源です。ただし、発発庫の中は空です」

そう言って、井村が発発庫のドアを開ける。確かに暗いがらんどうだった。友永だけでなく、他の見学者も目をしばたたいている。

「実は、発発はあちら、みなさんの後ろ、タワーの外にあるアレです」

井村がそう言って指し示した先を、見学者が振り向いて見つめる。相馬もそちらに視線を向けると、ＯＤ《オリーブドラブ》色に塗られた四角い機材があった。建設現場で使用されている発発のかなり大型のものと言えばいいだろうか。

「実は、こちらのタワーは、一昨年《おととし》に新設されたものなんですが、予算不足からか発発は買ってもらえませんでした。代用として、あの発発が送られてきたのですが、発発庫に入らないので、外に置いています。ちなみに五〇年ものです」

見学者がざわめいた。相馬は、一目見てかなり古いものだと思ったが、別段珍しくないので、特に感慨を持つこともなかった。良くある話だ。しかし、見学者にとっては五〇年前の機材というのは驚きなのだろう。発動機部分、つまりエンジンも五〇年前のものとなるが、そんな古い車は、どこを見回しても走っていない。博物館に置いてあるクラシックカーと同じだった。

「正直に言って、気象隊の機材は、あまり重視されていません。それでも五〇年ものでは、動くようにメンテナンスすることも大変です。来年には発発庫内に新品が入ってくる予定になっています」

井村は、そう言って見学者を安心させると、タワー内の階段を上がり始めた。その後ろ姿を見ながら、相馬は訝《いぶか》しんだ。最大限の配慮をしますと言っていたのに、なぜこんな古い機材をあてがわれていることを話すのだろうか。

「この階段は、体力練成にも最適なので、雨の日のトレーニングでも使用しています」

井村に続いて見学者が上っているので、相馬からは彼の姿は見えない。後ろの見学者にも聞こえるように、井村は大きな声を上げていた。

タワーの上階は見晴らしがいい。レーダーにさして興味のない見学者は、窓の外に航空機を探していた。気象レーダーを熱心に見ているのは数人だ。その先頭には友永がいる。レーダーの構造や機能を説明している井村の話を熱心に聞いていた。

「気象レーダーの説明は以上です。何か質問はありますか？」

真っ先に手を上げたのはやはり友永だ。エコーがどうだとか、相馬にもよく分からない質問を投げかけている。

しばらくすると、友永の質問は続いていたが、他の見学者は退屈そうな様子を見せ始めた。そろそろ移動だろう。狭いタワーなので、相馬は邪魔にならないよう、先に階段を下り始めた。すると、後ろに井村が続き、見学者を先導し始めた。階段を下りながら、相馬は背後に井村と友永の声を聞いた。

「友永君は、気象に興味があるようだけど、もう進路は決めたの？」

「防衛大学校を受けようか迷っています。防大に入る場合は、航空自衛隊の気象隊に行きたいと思ってます」

大勢の足音が響いていたが、タワー内では音が反響するためか、井村の声は良く聞こえていた。

「いいね。ぜひ気象隊に来て欲しい。気象は奥が深い。いくら学んでも、予想外のことが起きるし、何より飛行安全のためには極めて重要。でも、残念ながらその重要性は必ずしも理解されてない。だから、五〇年ものの発発を使っていたりする。防大を出れば、どこかの気象隊で現場経験をして、何年か後には隊長になる。そして、上級部隊や空幕で仕事をして、いずれは支援集団司令官にもなれるかもしれない。そうしたら、こんな古い発発を使わずに済むようにしてくれよな」

井村が古い発発について説明した理由が理解できた。部隊の現状を見せるだけでなく、防大を卒業した後の友永のキャリアについても考えさせるつもりだったのだろう。

「司令官……になるんですか？」

「ん？　だって防大を受けるんだよね？」

「はい。まだ考えているところですけど。防大を出たら、司令官になるとは思いませんでした」

「いや、ごめん。司令官になるのは、防大を出てもほんの一部だけだよ。その可能性もあるっていうだけだ」

井村と話す友永の様子は、若干困惑気味に聞こえた。相馬は、友永と何度か話してきたが、気象隊での勤務や防大でのカリキュラムの話ばかりしていて、防大を出たあとのキャリアの話はあまりして来なかった。もっと正確に言えば、少し避けていた。〝気象大好き〟がありありと見える友永には、セールスポイントとは思えなかったからだ。

もちろん、いずれは情報として伝えないといけないとは思っていた。それでも、それはもっと防大受験の意志を強くしてからで良いと思っていたのだ。相馬は、二人の会話に口を挟みたいという思いに駆られたものの、せっかくの基地見学の機会に口を挟んでしまったら、現場で勤務する井村と話す時間を奪ってしまう。何とかこらえた。

警報

井村は、レーダーを見せた後、定時観測を行う気象隊庁舎の屋上を回り、見学者を本日のメインとなる気象所に連れてきた。気象所といっても、総括班と境界もなくつながっているため、機材が置かれているだけのオフィスと言えた。それでも、滑走路周辺の天候状況を目視観測することも必要なため、大きな窓から離着陸する航空機が見えている。レーダーを見せていた時に空を覆っていた雲がより厚みを増したのか、日はまだ高いはずなのに空は暗くなっていた。

「ここが気象隊の中枢、気象所です。一応、予報班と観測班に分かれています。予報班は、予報官である幹部自衛官が気象予報を作成し、必要な部隊に配布、提供しています。観測班は、空曹士自衛官が定時の観測を中心とした気象観測を、二四時間態勢で行っています」

ここでも、説明を最も真剣に聞いているのは友永だった。それでも、天気図など各地の気象状況を分かりやすく示した図表が壁一面に張られているため、それらを珍しそうに見ている者もいる。

「予報官は、ここ岐阜基地と割り当てられた空域の予報を作成しています。また、気象支援として気象ブリーフィングを各部隊で行います。これは、日本各地どこの基地にある気象隊でも同じです」

友永が防大を出て気象幹部となれば、予報官として部隊勤務することになる。予報官の仕事について、もっとも詳しく説明しておく必要があった。

予報班で勤務中なのは、予報官でもベテランの域に入る、越《こし》一尉だった。天候が良くないためか、イライラしていることが一目で分かる。彼は、陰で赤鬼とあだ名されていた。その理由でもある赤ら顔が、なおのこと紅潮していた。触らぬ神に祟《たた》りなしである。井村は、手を広げるようにして見学者の一団を、少しだけ予報班から引き離す。その上で説明を始めた。

「岐阜では行っていませんが、戦闘航空団の基地では、二四時間態勢でスクランブルに備えています。その他の飛行訓練など、多くのフライトは朝から始まります。予報官の仕事も二四時間態勢ですが、朝からのフライトに合わせて、区切りとしては未明から始まります。もちろん、予報は常に提供しなければいけないので、交代制で必ず誰か一人は予報官が勤務しているのですが、朝の仕事が一番重要です。朝の予報を担当する予報官の出勤時刻は、午前三時三〇分になっています。ですが、それでは予報を作る時間が足りないので、大抵はもう少し早くから出勤します」

嘘は言っていない。ただし、あまり厳しい現実を告げると尻込《しりご》みしてしまうかもしれない。実際、三時三〇分と言われただけで、「うわぁ」と驚愕《きょうがく》の声を上げている見学者が何人もいる。現実には、午前一時くらいに出勤してくることが通例だ。二時間三〇分を少しと考えるかどうかは、個人の主観である。

大体、朝が早いのは気象の専売特許ではない。航空機整備など、早朝から始まる飛行訓練に備える職種も、やはり朝は早い。

「出勤すると、こちらにあるJWS、ジョイント・ウェザー・システムという気象専用システムなどを使用し、気象状況を確認して予報を作成します」

JWSは、その名前にジョイントと付いているように、陸海空三自衛隊で共用する気象情報専用システムだ。ネットワークでつながれ、各地で観測された実測データや予報を確認することができる。

「ここ岐阜気象隊が作成した岐阜基地や訓練空域の気象予報も、このJWSに入力します。そうすることで、岐阜基地に飛来したり、近傍を飛行する航空機への気象支援に使用されることになります。天候は、飛行安全に大きな影響を与えるため、非常に重要なのです。近年では、気象が主因となった大事故は発生していませんが、多くの事故で気象が背景要因となっています」

まずは、気象幹部が作成する気象予報の重要性をアピールしておく。友永が気象そのものには相当の興味と知識を持っていることは、レーダーを見せたときの質問で分かっている。しかし、それが自衛隊の任務とどう関係してくるかは知らないだろう。

井村の言葉を聞いた友永は、真剣な顔で肯《うなず》いていた。次は、その特殊性と面白さを説明しなければならない。

「そして、作成する予報は、テレビの天気予報で目にするものとは大きく異なります。航空機は、空高いところも飛行するため、地上の予報だけでは足りないのです」

井村は、ＪＷＳの端末から離れ、壁面に張られた岐阜基地の予報を指し示した。

「これが、今日の岐阜基地の予報です。縦軸は、見ての通り高度です」

窓から外を見ても雲で覆われているように、少し低めの高度から中高度まで雲が描かれている。

「右に行くと、雲が増えています。これが何を意味するのか想像できますか？」

そう言って、友永を見つめる。他の見学者も予報を見つめて考えているが、井村の心づもりとしては友永に尋ねた質問だった。真剣な顔で見つめる彼の目が輝いた。

「時間変化ですか。下に時間らしい数字が書かれています」

「正解です。すばらしいですね」

井村は、多少大げさに正解したことを褒める。そして、横目で越の様子を覗う《うかが》。彼が不機嫌なのは、見学者に見せた予報図で示されているように、天候が悪化しつつあるからだ。雷ウォーニングを出すか否か、迷っているのかもしれなかった。

「気象隊の作成する予報は、自衛隊の任務遂行に使用されるものです。飛行場にあっては、いつなら離着陸に問題がないか、訓練エリアにあっては、いつなら訓練に支障があるかどうかが、これを見れば一目で分かるようになっています」

実際、初めてこの予報を目にして、それが示すところを理解できるのは大したものだと思った。

「それに、飛行場の予報に関しては、要求される精度や確度、つまり細かさや正確さについて、非常に厳しい要求があります」

少し脅しをかけて、仕事の厳しさもアピールしておく。それは、裏返せばやりがいにもなるからだ。

「航空機の離着陸には、風、特に横風制限と言われる滑走路と直交する方向の風の制限があります。滑走路と同じ方向でしたら、相当強い風でも、航空機の運用にはそれほど問題にはなりません。しかし横方向からの風は、離着陸を非常に困難にしてしまいます。横風が強い場合は、離着陸を避ける必要があります。しかも、この横風制限は、航空機の機種や離着陸の向きで異なってきます。当然、その予報は非常に細かく、正確でなければならないのです。予報が不正確では、航空自衛隊の任務遂行に悪影響を与えるだけでなく、事故の原因にもなってしまいます」

これには、友永だけでなく、それほど真剣に聞いていなかった見学者も耳を傾けていた。多くの見学者の興味は、どうしても航空機にある。聞いてくれることは嬉《うれ》しいものの、その理由が気象にないことが少し悲しい。

「続いて、こちらが観測班になります。気象隊に求められているアウトプットは、予報と正確な気象現況です。観測班の任務は、現況を観測し、先ほども説明したJWS端末に入力することです。入力する内容はMETAR《メター》、日本語では定時航空実況気象通報式と呼ばれるものです。航空機の運用を行うにあたって必要とされる気象状況の評価項目だと思ってもらえばいいでしょう。この観測が、正確な予報を作成するための基礎となります」

観測班の任務を説明し、時間の関係で見せることができなかった滑走路脇に設置されている航空気象観測装置のリモート表示装置を見せる。通常の気象予報では使用されることがない滑走路視距離（RVR：runway visual range）観測装置やシーロメーターと呼ばれる光学式雲底高度計もあるため、友永は見学者の最前列で見ていた。ひょこひょこと動く様子が、本当に某タレントそっくりだ。

「こちらから説明する事項は以上です。質問を受け付けますが、その前に少し下がってください」

説明は、どうしても機材の間近でせざるを得ない。結果、眉間《みけん》にしわを寄せる越の近くに見学者がわらわらと群れることになってしまった。今にも噴火しそうな様子なので、まずは見学者を後ろに下げた。

質問は、当然のように友永が真っ先に手を挙げた。

「予報官は気象ブリーフィングを部隊で行うということでしたが、具体的にはどこで、誰に対して行うんでしょうか？」

一番に出てきた質問が、予報官としての仕事についてだった。予報官として仕事をすることを考えてくれているようだ。

「予報官のブリーフィングでは、飛行隊に所属するパイロットに対するものが最も重要な仕事になります。最終的に飛ぶ、飛ばない、どこをどのように飛ぶというのはパイロットの判断になるからです。ですが、訓練を行う、行わない、スクランブル発進をするというような判断は、飛行群本部、航空団司令部、それからもっと上の日本を四つのエリアに分け、防空を担当している方面隊司令部など上級部隊での判断になります。当然、その判断を下す人たちも、気象現況、予報を知っていなければなりません。ですから、そうしたところでもブリーフィングを行います。場合によっては、予報官になって数年で、航空自衛隊でも十指に入る偉い人にブリーフィングすることもあります。責任重大ですが、それだけやりがいのある仕事なんです」

ここでも、予報官のやりがいをアピールしておく。友永は、ふんふんとしきりに肯いていた。彼は、他にも質問してきたが、さすがに友永の質問だけを聞いている訳にはゆかない。

「他の人は、どうですか？」

井村が意図的に振れば、質問は出てくるものの、友永のそれとは明らかにレベルが違った。とは言え、彼らが気象隊に来る可能性もある。友永以外には、気象を目指している者はいないようだったが、レーダーの整備員として整備班配属になる可能性だってあるのだ。ただ、一度そうした質問に答えると、同じようなレベルの質問が続いてしまう。今度は、友永が退屈しているだろう。

そう思って友永がいた方向を見ると、彼はＪＷＳ端末をのぞき込み、観測員の一人、豊里《とよさと》三曹と話していた。豊里は、生真面目な性格の中堅三曹だ。井村が幹部候補生となる前までは、頼りになる後輩だった。地道な観測作業を、きっちり正確に行う。ただし、少し気弱なところがあった。

友永が、豊里に質問をしているのかと思ったが、どうやら様子が変だ。豊里は、しきりに越の方を気にしていた。越はと見ると、どこかと電話で話し込んでいる。井村は、質問が途切れたタイミングで、彼らの所に歩み寄って声をかけた。

「どうかしたか？」

「あ、先輩」

そう言った豊里の顔には、焦りが見えた。

「これを見てください」

そう言ってＪＷＳの画面を見せてくる。

「急に悪化傾向が強まっていて、越一尉に言った方が良さそうだと思っているんですが、ずっと電話されてて……」

越の声は、見学者対応をしていた井村の耳にも聞こえていた。イライラと話し込んでいる様子から見て、飛行隊と話しているようだ。天候が悪化する恐れが高いのなら、越に助言すべきだったが、豊里は、声をかけることに躊躇《ちゅうちょ》しているようだった。

井村は見学者対応中だ。しかし、悪化傾向が深刻なら、口を出した方が良いかもしれなかった。

「どこだ？」

悪化傾向が強まっているとは言っても、どれだけ深刻なのか確認しなければ、口の挟みようがない。豊里に、悪化傾向を示すデータを尋ねた。

「エコーがこんな感じで出てます。渦度《うずど》も上がってます」

レーダーエコーは、雨雲の状況を目視で見るよりも的確に表示してくれる。渦度は天候の悪化、好転の指標となる気流の回転状況を示した数値だ。ただ、それらを見ても、緊急で越に助言しなければならないほど、悪化傾向が強まっているようには見えなかった。

「さっきの上昇流。あれを見てもらったら?」

横からかけられた言葉は、友永だった。豊里といっしょに確認していたのだろう。上昇流、特に上空一万フィート付近の上昇流が強くなると、天候は急速に悪化する。友永に言われて、豊里がJWS端末の画面を切り替えた。

「確かに、これは良くないな」

井村が見ると、確かに越に伝えるべき情報だった。越は、飛行隊と話し込んでいて、新たな情報を見ることができずにいるようだった。越への助言は、豊里の仕事だ。

「予報官に見せた方がいい」

そう言って豊里の肩を叩《たた》く。彼が見ている端末は、持ち運びのできるものだ。気象隊にあるJWS端末の中でも、非常時に持ち出す他、他基地に展開する必要が出た場合に持って行けるように、ラップトップPCが使われている。

「でも、電話で忙しそうです。井村先輩」

そう言って井村に端末を押しつけて来た。自分の代わりに言って欲しいということだった。井村も曹長であり、越よりも階級は低い。それでも、幹部候補生として、一年もしないうちに三尉になる予定だった。豊里に比べれば、越に声をかけるためのハードルは低かった。もっとも、気の強い隊員なら、空士でも助言しているだろう。

「仕方ないな」

井村は、そう言って端末を受け取ると、受話器にがなり立てている越の肩を軽く叩いた。そして、上昇流の状況を見せる。

「すみません。ちょっと待ってください」

越は、電話口にそう告げて端末をのぞき込む。

「かなり強く出ているな、エコーも良くない」

そう言うと、彼は再び受話器にがなり始めた。しかし、それまでと違い「悪化します」と明言していた。

井村は豊里に端末を返し、見学者対応に戻った。説明としてもちょうどいい事例なので、今の対応を見学者に説明する。

「すみません。ちょっと天候が悪化しそうだったので、対応させてもらいました。空曹士観測員の主任務は観測ですが、予報官の補佐も大切な仕事です。特に今のように予報官が一人しか勤務していないこともあります。そうなると、予報官が全ての情報を見ることが難しく、重要な情報を見逃していることもあるのです。それを補うのも観測員の任務なのです。これが、予報の〝現場〟です」

豊里と天候悪化について話していたらしい友永は、頬を紅潮させ、興奮気味に肯《うなず》いていた。

井村の背後では、越が天候悪化を知らせるべき部隊に、一度に情報を送るための一斉通報系を使って、警報を流していた。

暴露

気象隊での見学が終了し、庁舎の外に出てくると相馬は周囲を見回す。雨が降り始めていた。

「あれ、まだか？」

携帯を取り出し、こちらにバスを回す予定になっている江戸《えと》三曹に電話する。呼び出し音が鳴ったものの出ないところをみると、こちらに向かっている最中だろう。見学者に向かって声を上げた。

「バスがまだ来ていませんが、こちらに向かっている途中のようです。少し玄関先で待っていて下さい」

そう言って、井村に問いかける。見送ると言って出てきてくれたのだ。

「トイレを借りてかまいませんか？　この後ＰＸでトイレを借りてから帰途に就く予定だったんですが、ちょうどいいので」

「もちろん構いませんよ」

井村は、「トイレに行きたい人はどうぞ。左手の奥です」と言って、出てきたばかりの気象隊庁舎の入口を開けてくれた。そこに友永が歩いて行く。トイレに行くのではなく、まだ井村に話があるように見えた。

「今日は、ありがとうございました。僕は気象が好きなので、自衛隊に入るかもしれません。その時は、よろしくお願いします」

「気象に興味を持っているのはよく分かりました。防大受験の意志は固まったかな？」

井村も、気になっているようだ。

「僕の希望は強くなりましたが、反対している人もいるので、まだ決められません。それに、普通の大学は考えていないのですが、もう一校、別のところも受けることを考えています」

「そうですか。最初から気象のプロを目指して自衛隊に入ってくれる人は少ないので、できれば自衛隊に来てくれると嬉《うれ》しいですね。反対しているのはご両親かな？」

「あ、いえ。高校の先生です。もっと上の大学を狙えるのにっていう話なので、僕にはあまり関係ないんですけど。好きなことをやりたいので」

「成績優秀なんだね。防大でも余裕ってことだ。すごいね」

はにかんだ笑いを浮かべていた友永が、井村に問いかけている。

「あの、航空自衛隊に来ることができた時に、気象以外のところに行かされてしまうこともあるんでしょうか？」

「防大出身者の進路については、正確なところは地本の人に聞いた方が確実だと思うけど、特技の振り分けで気象を希望すれば、ほぼ間違いなく気象に来られると思うよ。あまり正直に言いたくはないけど、正直に言えば、やっぱり気象の人気は低いからね」

井村は、そう言って苦笑いしていた。

「そうですか」

友永も力なく笑っている。自分の好きなものに魅力がないと言われていることと同じなのだろう。自衛隊の中で評価されているとは言いがたい地本の勤務者として、相馬にも彼らの気持ちは理解できた。

「でも、気象が好きなら、やりがいの感じられる職場だよ。飛行訓練でも、試験飛行でも、スクランブルでも、それにもし戦争になった時でも、気象の大切さは変わらない。ある意味、常に実戦だ。何しろ相手は大自然だからね。ぜひ友永君みたいに、気象の好きな人に来て欲しい」

肯いた友永を見て、井村が続ける。

「今日、最初に見せたレーダーを見ても分かったように、重要なはずなのに、機材も十分に手配されているとは言えない。友永君みたいに優秀な人が気象に来てくれたら、一五年もしたら俺の上司になるだろう。いずれは、航空自衛隊の気象を背負って立つ立場になるかもしれない。ぜひそうなって欲しいと思う」

井村がそう言って激励すると、友永は困惑している様子だった。レーダーを見ていた時にも、司令官になるかもしれないと言われて困惑顔だった。やはり友永のイメージとは違っているのだろう。

「僕は、予報をする、天候予測をすることが好きなんです。思った通りになる時もありますけど、そうならない時も多いです。予想が外れた時に、なぜ外れたのか考えて、自分のレベルを上げることが好きなんです。だから、背負って立つとか、偉くなるとか考えてなくて、ずっと空を見ていられたらそれが一番なんですけど……」

友永は、少し悲しそうだった。高校生といえども、好きな仕事を続けることが容易でないことは理解しているのだろう。それでも、現場が好きなら現場勤務を長く続ける方法はある。井村のように空曹から部内幹部になる方法だ。しかし、長い人生を考えると、防大に余裕で入れる友永には、とても勧められない。最終到達階級や生涯年収に大きな差ができるからだ。しかし……

「それなら」と言い出した井村は、それをあっさりと話してしまった。

「あちゃ〜」

相馬は、二人に聞こえない程度に呟《つぶや》くと、大きく広げた手のひらで目を覆った。今さら井村の話を止めることもできない。相馬は二人の様子をただ見ているだけだった。

「部内幹部として予報官になれば、定年近くまで予報官を続ける人もいるよ。ただ、最初は曹士として自衛官になるわけだから、給料も高くないし、偉くはなれない。それでも、予報官として空を見ていたいなら、そういう方向もある」

そう言った井村と目が合った。相馬が頭を抱えていることが分かったのだろう。井村も「しまった」と言いそうな顔をしていたが、後の祭りだった。戻ってから、詳しく説明しなければならない。相馬は、ゆっくりと二人に近づくと、友永に声をかけた。

「井村曹長が言ったように、デメリットも多いよ。来週で良かったら説明してあげる」

「よろしくお願いします。防大じゃない大学に行っても、同じようなことがありそうだったんです。普通とは違っても、僕は気象がやりたいんです」

そう言えば、友永の姿がかぶった魚好きのタレントも、いわゆる良い大学を出てはいなかったはずだ。それでも、天皇陛下にも認められる活躍をしている。人の人生は、それぞれ。選ぶのは友永自身だ。

それに、自衛隊には、それこそ同じようなケースが多発するコースがある。パイロットを希望する者が入隊する航空学生だ。防大や一般大を出た幹部ほどには昇任することはない。それでも、彼らと違って定年間際まで飛び続けることができる。それを希望して、防大に入れる学力があっても、航空学生として入隊する学生もいる。

頭をかきながら、気象隊前の道路の先を見つめていると、江戸が運転する地本のバスが見えてきた。

「みなさん、バスが来ました。乗車する準備をしてください」

相馬が声を張り上げても、友永は、井村に部内幹部について尋ねていた。

「入りまいりました」

井村候補生は、区隊長に用件があってまいりました」

井村は、中隊事務室の入口に立って大声を張り上げた。幹部候補生学校に入学した井村は、曹長の階級でありながら、学生として何度目かの新隊員のような生活を送っていた。中隊事務室に入ると、一尉の階級章を付けた区隊長の前に進む。

「おう、U地本の相馬二曹は知っているか？」

「はい。入校前に地本計画の基地見学支援をやりました。その時の地本の担当です」

「そうか。その見学で引き込もうとしていた学生が、試験を受けてくれることになったとお礼を言っていた。一応、電話して欲しいそうだ。そこの自即を使っていいぞ」

自即は、自衛隊内で最も一般的に使用されている電話だ。秘話機能はないため、秘匿を要する会話をすることはできない。もっとも、地本と話す内容に秘匿を要するものがあるはずはなかった。井村は、事務室内で自即を借りてU地本に電話をかけると、相馬を呼び出してもらった。

「井村曹長です。友永君って言ったかな。彼が試験を受けてくれることになったと聞いたんだけど、結局どうなったの？」

「見学の際は、お世話になりました。結局、曹候補生になりました。防大を推したんですが、防大を出た後の自衛隊内でのキャリアについても勉強したらしくて、『空幕に行って予算取りなんてやりたくない、僕のやりたいのは気象予報です』と言って、曹になった後で部内幹部になるそうです」

「そうかぁ。大学は出た方がいいと思うんだけどな」

「大学は、自衛官をやりながら通信制の大学を受講するって言ってました。大変だと思いますが、優秀らしいので大丈夫でしょう。もともと、家の経済的事情で一般の大学は無理だと言っていたので、自衛官をやりながら通信制大学というのは、その意味では良い選択なんだと思います」

「それは確かに」

「ただ、やはり学校の先生と家族はもったいないと言っていて、もう一校、受けるそうです」

「ああ、そう言ってましたね。海保大ですか？」

防大と同じように、経済負担のかからない大学を考えていると言っていたはずだ。そうした気象を学びながら、将来気象に関わることのできる大学は多くない。

「いえ、海保大じゃありません、気象の専門大学だって言ってました」

「え？」

思わず変な声が出てしまった。中隊事務室なので、区隊長を始め、教官である先輩幹部自衛官の注目を浴びてしまう。それでも、相馬の言葉にあまりにも驚愕《きょうがく》した。続けて出てきた言葉も、思わず大きな声になってしまった。

「まさか、気象大学校じゃありませんよね?!」

「ああ、それです気象大学校。気象庁に入るための大学みたいですね」

「『それです』じゃないですよ。気大《きだい》ですよ！」

気象大学校は、気大《きだい》と略される。気象大と略すと、気象台と区別ができないからだ。

「あの……それがどうかしたんですか？」

相馬は井村の剣幕に驚いたようだったが、むしろ驚かされたのは井村の方だった。

「どうかしたって……気大を受けるような学生が、曹候補を受けるんですか……」

言葉が続かなかった。

「気大っていうのは、そんなに特別な大学なんですか？」

ようやく、相馬にも井村の驚愕が伝わったようだ。声が身構えている。井村は、大きく深呼吸してから相馬に分かるように説明する。

「気大って言うのはですね、東大と併願するレベルの大学なんですよ」

そこを受ける学生が曹候補を受けることになる。とんでもないことだと相馬にも理解してもらいたかった。

「……そうでしたか。友永君は、本当に優秀だったんですね。東大にも受かるレベルですか」

理解してもらえていなかった。井村は、体から力が抜けてきた。

「違います」

「え？　違うんですか？」

井村は、今一度の深呼吸で心を落ち着けてから静かに言った。

「気大を受ける学生が東大を受ける理由は、滑り止めです」

「え？　滑り止め？　東大がですか？」

そうなのだ。恐らく日本で一番異常な大学。それが気大だった。

「ええ。気大というのはそういう大学なんです。学生数は各学年約一五人。一学年の学生よりも教官の方が多い大学なんて、気大だけでしょう。卒業者は、自動的に気象庁のエリートになります。友永君の悩みも、少し分かったような気がします。気大を出たら、空を見る時間なんてないのかもしれません。キャリアの多くは、東京の気象庁本庁勤めでしょうね。そんな学生が曹候補生ですか……」

井村は、電話を終えると、静かに受話器を置いた。思わず、ため息が漏れる。

区隊長から「何だったんだ？」と尋ねられた。井村は、乾いた笑いを返すことしかできなかった。

6話　あかねの空と家族愛

謀《はかりごと》

鍋屋は、本部長室のソファに腰掛け、ＤＶＤを見ていた。映されているのは去年のＵ県主催防災イベントの様子だ。近頃では、防災訓練だけでなく、こうした防災イベントにも自衛隊が呼ばれることがある。鍋屋から見れば、ずいぶんと様変わりしていた。彼が入隊した頃は、要請を受けて進出した派遣部隊が、災害現場で反対運動を受け何もしないまま撤収したという話を聞いたほどだ。それが今や、派遣要請が遅いと自治体が非難されるほどになっている。

映っている去年のイベントでは、陸上自衛隊の野外入浴セット二型が、災害派遣用装備の目玉として展示されていた。同時に約三〇人が入浴でき、一日に延べ一二〇〇人が利用可能という優れ物だ。被災者の支援装備として、今では欠かせないものになっている。愛知県の春日井《かすがい》駐屯地に所在する第一〇後方支援連隊が展示支援してくれたので、野外入浴セットの入口には『尾張の湯』と書かれたのれんがかかっている。

「失礼します」

開け放たれた本部長室の入口に、総務課長の荒井が立っていた。荒井は事務官なのでスーツ姿だ。

「ただいま戻りました」

「どうだった？」

そう言って鍋屋は報告を促して、対面の座席を手で示して座らせる。DVDを止め、荒井の報告を聞くことにした。荒井は、今年の防災イベントに向けた調整会議から戻ってきたところだった。

「大きな問題はなさそうです。展示機のランディングは既設のヘリポートを使用し、その場所でそのまま展示することで決まりました」

今年の目玉展示品は、空自の救難ヘリコプターUH－60Jだ。河川氾濫《はんらん》で取り残された場合や山岳遭難での救助、それに海難救助などで活躍しており、その救助シーンが撮影されることも多いため、展示品としては非常に目立つ。

今年のイベントは、U市郊外のショッピングモールが会場提供協力をしてくれたらしく、駐車場の一角で各種の展示をすることになっている。ショッピングモールとしても、地域防災に協力している姿勢を示すためにヘリポートを設けているので、その宣伝をしたいらしい。

荒井は、調整会議で決定された装備品展示に関する細部事項を報告し終えると、もう一つの自衛隊協力項目について話し始めた。

「講演については、三〇分程度。近年県内で大きな災害がなく、防災意識が薄れてきているので、堅い話ではなく、興味を引けるような話題にして欲しいということです。過去の災害派遣の体験談などがいいと言っていました」

ショッピングモールに設けられたイベントホールで、講演が行われることになっている。県の防災担当者や消防関係者に交じって、自衛隊にも講演を求められていた。指名ではないものの、地本長へのリクエストだという。

「体験談か〜」

鍋屋は輸送機のパイロットだ。災害派遣では大規模災害での広域輸送で関わるものの、支援物資の輸送が主な任務であり、防災意識が薄いと言われる聴衆の興味を引くにはいささか地味だった。鍋屋本人としても、海外の邦人救出訓練であれば体験談として面白いネタも持っていたが、災害派遣はあまり良いネタがない。

何を話すべきか考えていた鍋屋は、荒井が机の上においたUH－60Jの写真を見て良いことを思いついた。

「頼んでみるか」

呟《つぶや》くように言うと、荒井は「何をされるつもりでしょうか？」と尋ねてくる。

「俺じゃ面白い話ができそうにないから、ピンチヒッターを立てようかと思ってな。予定にはないだろうが、隊長に来てもらって講演もやってもらおう」

鍋屋は、そう言ってヘリの写真を指し示した。

「救難教育隊の隊長ですか。伝手《つて》があるなら、面白い話をしてもらえそうですね」

展示機を支援してくれるのは、愛知県の小牧基地に所在する救難教育隊だ。全国の救難部隊で活躍する救難機のパイロットや、メディックと呼ばれる機上救難員の教育を行っている部隊だ。救難隊は、極めて危険な状況でも救難活動を実施することがある。そのため、救難教育隊は、全自衛隊内でも一、二を争う厳しい教育を実施している。

「ああ、何せ東日本大震災の時には、松島の救難隊にいて救難活動をしていたんだ。興味を引けるネタはいくらでも持っている」

「それはいいですね」

「彼自身も庁舎の屋上に避難して機体が流されるところを見ていたし、家族も被災している」

「ご家族は、大丈夫だったんですか？」

「官舎も津波に呑《の》まれたが、奥さんは、子供を連れて、すぐに車で逃げたらしい。避難所に避難したらしいが、連絡手段も失われていたため、無事でいることが分かったのは一週間後だったそうだ」

「それは……」

荒井は、絶句していた。

「彼も半ばあきらめていたらしい。一週間も消息不明だったからな。その状態でも、彼は他の基地から支援された機体を使って救難活動を行っていた。彼の話なら、防災意識を高めるだけじゃなく、自衛隊の任務を広報するにも最適だろう」

「なるほど。そうですね……」

同意してくれたものの、荒井の顔には懸念も浮かんでいる。

「何か問題でもあるか？」

「いえ、問題というほどのことではないのですが」

そう前おきして、荒井は、彼の表情を曇らせた理由を語った。

「被災し、消息不明になったご家族を差し置いて任務に就くというのは、被災者の立場とすれば頭の下がる話だと思います。ただ、講話を聞く者には、将来自衛官を目指す者もいるかもしれませんし、自衛官の家族になる者もいるかもしれません。家族よりも任務を優先しなければならないとなれば、募集の方には悪影響がでるかもしれないと思ったのです。ですが、これは事実なのですから、仕方ないですね」

なるほど、荒井の言葉は肯《うなず》けるものだった。しかし、同時に妙案も思いつく。

「それは、何とかなる……はずだ。考えがある」

「そうですか。それなら、救難教育隊長がお話を呑んでくれるかどうかですね」

「そうだな。まず話してみないことには、捕らぬ狸の何とやらだ」

鍋屋は、どうやって丸め込もうかと、頭の中で計算し始めた。

打ち合わせ

イベント当日の早朝、荒井はショッピングモール屋上のヘリポート脇で、鍋屋が講演の依頼をした救難教育隊長、山村《やまむら》二佐を待っていた。会場が商業施設なので、前日に移動して駐機したままにすることができなかったからだ。

施設屋上は、風が巻いているのか、風向風速を確認するための吹き流しが、めまぐるしくはためいている。その風の中、濃紺を基調とした洋上迷彩のUH－60Jが、ヘリ独特のブレードスラップ音を響かせながら、接近してきた。

山村自身が操縦するUH－60Jは、一旦《いったん》風下側に回り込むと、ほとんど風にあおられることもなく、スムーズに着陸した。鍋屋の談によれば、山村がヘリコプターの操縦教育を受けた際、教官が彼の操縦センスに驚いたそうだ。その操縦センスは、実際に多くの人命を救助したという。

展示準備は、同乗してきた他の隊員に任せることになっている。山村は、クールダウンのためにエンジンが回ったままのヘリから一人で降りてきた。一九〇センチ近い長身を、オリーブドラブの飛行服に包んでいる。頭に白いものが目に付くものの、五〇を超えた現在でも鍛えられた体つきなのは一目で分かった。その上、顔は小さめで優しげだ。若い頃は、さぞもてたことだろう。

「おはようございます。U地本総務課長の荒井です。朝早くからご苦労様でした。今日は、よろしくお願いします」

「鍋屋一佐は？」

「本部長は、陸自車両の展示もあるので、地上の駐車場におります。ショッピングモール内に自衛隊関係者用に控え室を準備してもらっているので、そちらにご案内しようと思っていました。講演していただく会場も近くにあります。駐車場にご案内しますか？」

「いや、いい。むさい顔を見たところで嬉《うれ》しくもない」

鍋屋と山村は同期だという。と言っても、鍋屋は防大卒で山村は一般大卒だそうだ。ただ、操縦教育をいっしょに受けたこともあり、気安い仲だと言っていた。

「講演自体は一三時からです。山村隊長の講演開始は一四時頃の予定です。ただ、前の方の状況次第では、若干遅れる可能性があるということでした」

控え室に案内すると、荒井は今日の流れを再度説明する。一応、資料は送ってあるが、どの程度目を通してくれたのかは分からない。

「内容は、調整していた通り、東日本大震災の際の体験談でお願いします。県からは、あまり堅苦しい話ではなく、県民の防災への興味を深められるようなお話が良いと言われています」

荒井が、講演内容を再確認すると、山村は肯いた。

「実体験だから堅苦しい話にはならないさ。ただ、生々しすぎるかもしれないが、それは構わないのかな。気弱な人にはショックかもしれないが……」

「県の担当者は、薄れかけている防災意識を何とかしたいと言ってました。多少ショックなくらいでちょうど良いと思います」

「わかった。ところで、俺の話は二〇分くらいで、その後に鍋屋一佐も話すと言っていたが、あいつは何を話すつもりなんだ？」

「山村隊長のお話の補足になるような話だと聞いています。自身だけでなく、ご家族も被災している中で救助活動を続けられた話をしていただけると思いますが、それに関係した自衛隊の任務について話すそうです」

「なるほど。それ以外は、気にする必要がないんだな。それなら要望を踏まえて適当にアレンジして話すよ」

　そう言うと、山村は、傷んだ表紙のノートを開き、ぱらぱらとめくり始めた。何度も行っている講演関係のノートのようだ。彼自身が被災者なので、講演の経験が多いと聞いていた。

「では、準備の方、よろしくお願いします。何か不具合等がございましたら、地本の者に申しつけてください」

講演

イベントホールはショッピングモールの一階にあり、左側は外のガーデン部分を見通せるガラス張りになっている。日当たりも良く、文字通りの明るい空間だ。奥のスペースがフードコートになっており、そちらの営業も継続中のため、座席の後ろの方は、若干賑《にぎ》やかだった。

県のイベントなので、講演も県の防災課員が司会をしている。最初に防災課長が挨《あい》拶《さつ》し、県外から呼ばれた防災の専門家が話した後、現在はU市消防の広報担当者が講演しているところだ。鍋屋たち自衛隊の関係者は、右側の舞台袖《そで》で控えていた。次が山村の番だった。

「そろそろ終わりそうですね」

荒井の言葉に肯き、鍋屋は、ボロボロになった講演ノートを手にしながらぶつぶつ言っている山村に声をかける。

「もうすぐ出番だぞ」

山村は、立ち上がって荷物を座席の上に置くと、大きくのびをした。部外で自衛官が講演する場合、制服を着ることが多い。しかし、今日はあえて飛行服で講演してもらうことにしていた。必然性は全くないが、飛行してきた時に使用していたヘルメットも持ってもらう。予定にはなかったが、雰囲気を出すための小道具として採用した。展示機から運んでもらった。

消防の広報担当者が講演を終え、壇上から降りてくると、反対側の舞台上で司会役の県防災課員がマイクを持った。

「もうご覧になった方も多いと思いますが、本日は、災害派遣で活躍する自衛隊の救難ヘリコプターUH－60Jが、屋上のヘリポートで展示されております。三人目の講演は、あのヘリコプターを操縦してこられた航空自衛隊救難教育隊長、山村二佐にお願いしております。山村二佐は、東日本大震災の際、巨大な津波に呑《の》まれた宮城県東松島市《ひがしまつしまし》にある航空自衛隊松島《まつしま》基地で勤務されていました。今回は、救難ヘリコプターのパイロットとして勤務し、自ら、そしてご家族も被災した中で、救助活動をされたご経験について、お話し頂きます。山村二佐、よろしくお願い致します」

紹介を受け、山村が壇上に上る。ヘルメットを小脇に抱え、その中にカンペでもある講演ノートを忍ばせている。山村は、そのヘルメットを聴衆に向け、壇上に置いた。

「天災は忘れた頃にやってくる」

山村は、自己紹介をすっとばし、いきなり防災標語で講演を切り出した。

「この言葉は、夏目漱石《なつめそうせき》の弟子だった寺田寅彦《てらだとらひこ》の言葉が元だと言われています。私が東日本大震災で被災したのも、この言葉の戒めを忘れかけた時でした」

山村は、そんな風に切り出してから、改めて自己紹介をして講演を始めた。舞台袖で並んで立つ荒井が感心して言う。

「さすがに手慣れてますね」

「彼の境遇は、テレビにも取り上げられたくらいだからな。こういった講演には引っ張りダコだ。もともとは、しゃべりの得意な奴じゃないが、幹部自衛官として長く勤務した上、何度も講演していれば、さすがに慣れてもくるさ」

「テレビに出られたんですか？」

「本人はどうかな。俺は見てないから分からないが、インタビューくらいじゃないか。たぶん、再現映像にしたと思う。昔、流行《はや》ってただろ」

「あ～、体験談を再現ドラマでみせる番組ですね」

鍋屋は、腕組みをしたまま肯《うなず》くと、舞台袖から山村の話を見守った。

二〇一一年三月十一日、午後二時四六分。宮城県沖でマグニチュード九という未曾《みぞ》有《う》の大震災、通称東日本大震災が発生した。

松島基地は、震源に近かったため、地震で大きな被害を受けた上、その直後に到来した巨大津波に呑まれた。立地が海沿いの上、滑走路の海抜高度は二メートルしかない。津波警報が発令された段階で、地震による被害確認に飛び立つ間もなく、隊員は、堅牢《けんろう》な建物の上部に避難するしかなかった。

山村も、救難隊庁舎の屋上に避難し、流されてゆく機体をなすすべもなく見守ったという。機体が残っていれば、すぐにでも災害派遣を開始するところだったが、全ての機体が濁流に流され、山村は、全国の部隊から差し出される救援の手を信じて、部隊の機能復旧に奔走したという。

「ヘリコプターは、最低限の地積があれば着陸できます。がれきを片付け、場所を確保すると、全国の救難隊から機体が届きました」

山村たち松島救難隊は、並行して基地機能の復旧を行いながら、昼夜を分かたず人命救助を行った。津波で流された人、浸水地域の建物に取り残された人の救助を行った他、交通の途絶した山間部からも被災者を輸送している。

これらは、東日本大震災のニュースを見ていた人ならば、大体は想像ができる活動内容だろう。舞台袖から聴衆を覗《うかが》うと、しきりに肯いている者もいるが、けだるげな顔を見せている者も交じっていた。

「ですが、こうした活動を行う我々にも、懸念事項がありました」

山村の話が、核心にさしかかる。

「基地が海岸線にあるということは、我々が暮らす官舎も、また海の近くにあるということです。そのため、隊員の多くは、家族も被災者であり、家族と連絡が取れない者も多かったのです」

山村は、そこで言葉を切り一呼吸置いた。

「私もそうでした。官舎にいたはずの妻と子供と連絡が取れなかったのです。確認した者の情報によると、官舎に置いてあった車はなくなっていましたが、流されたのか逃げたのか分からない状態でした。正直に言えば、任務を放り出して探しに行きたいとも思いました。ですが、家族が被災した他の隊員も任務に就いています。それに、我々がそれぞれの職務を必死にこなすことが、どこかで生きているかもしれない私の家族を守ることになると思い、必死で救助活動を続けていました」

山村は、再び少しだけ間をとると、それまでより少し沈んだ声で話す。

「一週間が経ちました。希望は持ち続けていましたが、さすがにあきらめかけていた時、私の家族が避難所にいるという情報がもたらされました。このときばかりは、本当に嬉《うれ》しく思いました。ただ、隊員の中には家族を失った者も多くいます。喜びを噛《か》みしめながらも、私は救助活動を続けました」

その後は、救難隊の活動状況を話すとともに、救難隊は必ず助けに行くと伝え、それまで自分の身を守ることに努めて欲しいと話していた。そして、通信手段がなくとも航空機に生存者がいることや、情報を伝える努力をして欲しいとも話していた。旗を立てたり、地上に文字を書く方法だ。

耳を傾けながら、荒井が呟《つぶや》いた。

「さすがですね。聴衆の興味を最大限集めてから、被救助者の心構えをしっかりアピールしてらっしゃる」

「あのノートを見ただろう。彼は数多くの講演をしてきた。たぶん、失敗もしたんだろう。それをプラスに変えてきた結果が、この講演になっている」

鍋屋の言葉に、荒井が肯いていた。

「さて、そろそろ出番だ」

山村の話が終わるところだった。司会とも山村とも調整はできている。山村の話が終われば、彼が壇上から降りることなく、鍋屋が壇に上り話すことになっていた。

「ではここで、U地方協力本部本部長の鍋屋一佐からもお話を伺います」

司会の言葉を受けて、壇に上る。そして、山村の隣に立ってマイクを手にした。簡単に挨拶《あいさつ》をして、山村の話に補足すると断って話し始める。

ただし、その内容までは、山村に告げていない。言えば、止めろと言われるからだ。

「今、山村隊長の話にもあったとおり、自衛隊は災害があれば、何を置いても救援に最大限の努力をします。県民の皆様にあっては、何よりも安全第一で行動していただき、まずは自分の身を守ってください。我々は、必ず助けにまいります」

このイベントの調整をしていた時に、荒井が懸念を口にしていなければ、鍋屋の話はここで終わりだっただろう。

「しかし、山村隊長の話を聞いて、不安に思った方もいるかもしれません。ヘリコプターを始めとした装備品展示の会場の隅では、自衛官募集のパンフレットも配らせて頂いています。講演を聴いていただいた皆様の中にも、自衛隊に入隊することを考えておられる方がいらっしゃるかもしれません。また、お子さんが自衛隊に入隊する、あるいは自衛官と結婚するなどして自衛官の家族になられる方もいらっしゃるかもしれません。そうした方々にとっては、家族よりも任務を優先しなければならない自衛官の立場に不安を覚えるかもしれません」

あえて、不安にさせるように話した。聴衆の顔にも、その結果が表れている。

「それが自衛官という職業です。ですが、それは決して自衛官が家族をないがしろにしているということではありません。時には身を危険にさらし、家族よりも任務を優先しなければならないからこそ、自衛官は家族を大切にしています。それは、津波被害のさなか、家族の捜索よりも救難活動を優先した山村隊長も同じです」

鍋屋がちらりと山村を覗うと、何を言い出すのかといぶかしげな顔を見せていた。

「山村隊長は、救難ヘリＵＨ－60Ｊだけでなく、より高速で広範囲の捜索活動を行うＵ－１２５Ａ救難捜索機の操縦も行います。そして、以前は我が国の主力戦闘機だったＦ－15のパイロットでした。これは、少々珍しい経歴です。私の知る範囲では、山村隊長だけです」

鍋屋は、聴衆の顔を見回す。少しだけ目の輝きが変わった。興味は引けているようだ。

「Ｆ－15の操縦は過酷で、体に大きな負担がかかります。ある夏の暑い日、当時、まだ一等空尉だった山村隊長がＦ－15の戦闘訓練を終え、基地に戻ってから突然に倒れたことがありました。熱中症で意識を失い、目覚めたのはベッドの上、それも数日後だったそうです」

山村の顔は見ない。もう何を話すのか察して、苦虫をかみつぶしたものの、取り繕わざるを得ないため、微妙な笑顔になっているはずだ。

「先ほども述べたようにパイロットは過酷な仕事で、体が酷使されます。体を壊してしまうことも珍しくありません。そのまま飛び続けることは危険なため、医師が無理と判断すれば、俗にP免《ぴーめん》と呼ばれるパイロット資格剝奪《はくだつ》となります。山村隊長は、P免にはならずに済みました。ですが、当時彼と付き合っていた女性は、心配でならなかったようです。何日も意識が戻らなかったため、本当に心配したそうです。彼女に懇願され、山村隊長は憧《あこが》れの末、やっとつかみ取ったF－15のパイロットを捨てました。操縦する機種の転換を申し出て、救難ヘリのパイロットとなったのです。その時の彼女が、震災の際に、一週間消息が分からなかった奥様です」

聴衆の一部から、驚きの声がかすかに響く。

「彼は、それだけ奥様思いでした。そして、奥様もそれを分かっていらっしゃいました。山村隊長が任務に集中できるよう、津波警報を聞くと、子供さんを連れ直ちに車で避難したそうです。その行動は、山村隊長が常日頃から奥様に言い聞かせていたことでした。『その時が来たら、自分は手を貸してやれないだろう。だからこそ、誰よりも早く行動して欲しい』。その言葉が、その思いが、奥様と子供の命を救いました。津波被害があまりにも大きく、その後連絡することさえできなくなっていましたが、奥様は銃後の守りとして、自分と子供さんの命を守ったのです。自衛官は、災害が起きても任務を優先しなければなりませんが、決して家族をないがしろにしてはいないということを、ぜひご理解頂ければと思います」

鍋屋が話し終えると、会場は拍手に包まれた。聴衆の視線は、隣に立つ山村に集中している。さすがに、照れくさそうだ。

司会が「すばらしいお話をありがとうございました」と締めてくれた。壇上中央に居た山村が、そそくさと動きだし、鍋屋の前を通り過ぎる。

その時、鍋屋のみぞおちに激痛が走った。山村が何食わぬ顔をしたまま、肘鉄《ひじてつ》を打ち込んできたのだ。今度は、鍋屋が苦痛を取り繕い、微妙にゆがんだ笑みを顔に貼り付け、舞台を降りた。

「余計な話をしやがって。聞いてねぇぞ」

舞台袖《そで》に戻ってくると、全く取り繕わない顔で山村が言う。

「当然だ。言ってないからな。今更、どうってことはないだろう？」

鍋屋を始めとした同期や、救難関係者の中では有名な話だった。

「全く……」

そう口にしたものの、山村もこの話をネタにして、からかわれ慣れているのだろう。話題を切り替え、イベント終了後の撤収について話し始めた。

総務課長の荒井は、イベント会場に蛍の光が流れ始めると、モール屋上のヘリポートに向かった。展示支援で来てくれたヘリが、大急ぎ帰投準備を始めているはずだった。暗視装置を備えた救難ヘリは、闇夜でも飛行できる。帰投を急ぐ理由は、ショッピングモールが市街地にあるからだ。ヘリの離陸時にはかなりの騒音が発生する。ヘリの設計にも音響ステルスが配慮され、静音化が図られているとは言え、ブレードスラップ音、ローターが風を切るバタバタ音は、どうしても発生する。イベントを主催している県が事前に告知しているものの、騒音苦情が来る可能性がある。極力早めに帰投してもらうことが最善だった。

ヘリポートに向かうと、夕闇迫るあかね空に長身のシルエットが浮かんでいた。山村が、隊員とともに展示していた救難装備や説明用のボードを片付けている。

「隊長」

顔を上げた山村が、こちらに向き直った。荒井は、片付けの邪魔にならない位置で足を止め頭を下げる。

「今日は、本当にありがとうございました。展示だけでなく、講演までして頂いて」

「展示は予定されていたものだし、講演は慣れています。お安いご用です……と言いたいところですが、鍋屋には埋め合わせをさせないと、気が済まない所ですよ」

山村は、笑顔でそう言った。

「その埋め合わせのつもりじゃないかと思いますが、これ、鍋屋一佐からです。個人的に、だそうです」

荒井は、鍋屋から言付かった紙袋を差し出した。中には、紙箱に入った一升瓶が入っている。U県内の酒蔵で造られている地酒だ。

「おごらせるつもりだったが、先に用意してあったか……」

「すみません。必要以上に目立たせてしまって」

荒井が頭を下げると、山村が慌てたように言う。

「いやいや、総務課長に頭を下げて頂くことはありませんよ」

「ですが、今回の講演のために、山村隊長に来て頂くようになったこと、それから鍋屋一佐が、隊長の機種転換の話をした経緯には、私も関わっていましたので」

「どういうことですか？」

驚いた顔を見せていた。荒井は、山村に講演を頼むことになった鍋屋への報告について、かいつまんで話した。

「なるほど。そういうことでしたか。家族よりも任務優先で動かなければならないのは事実ですが、それが隊員募集に悪影響を与えてしまっては良くないですね。地本長としては、当然の配慮でしょう」

「そう言って頂けたと報告しておきます」

「ま、これでチャラにしますよ」

そう言って、山村は紙袋を掲げて見せた。

「鍋屋一佐は、見送りに来られなくて申し訳ないと言っていました。県主催のイベントなので、立場上、本部長が対応しなければならない関係者が多くて」

「それはそうだろうね。それが彼の仕事だ」

彼がそう言ったところに、二等空尉が報告に来た。

「撤収作業完了しました。点検始めます」

「これを積んでおいてくれ」

報告に肯《うなず》いた山村が、紙袋を手渡す。

「それでは、私も飛行前点検をしないといけませんので、これで失礼します」

帰投を急がせたのはこちらの方だ。荒井は、すぐさま頭を下げる。

「重ね重ね、ありがとうございました」

山村は、直立不動で敬礼し「離陸まで見送って頂かなくて結構ですよ」と言って踵《きびす》を返した。すぐさま、先ほど報告に来た副操縦士や他の搭乗者と共に点検を開始する。

震災時、彼の奥様がつれて逃げた子供は、もう高校生になっているという。夕映えの空に浮かぶヘルメットをかぶった影絵は、その高校生にとっても、さぞ頼もしいお父さんに違いなかった。

取材協力／防衛省　航空幕僚監部　広報室
航空自衛隊　小牧基地

本書は書き下ろしです。
本作はフィクションです。

ようこそ、自《じ》衛《えい》隊《たい》地《ち》方《ほう》協力《きようりよく》本《ほん》部《ぶ》へ

航空《こうくう》自《じ》衛《えい》隊《たい》篇《へん》

数《あま》多《た》久《く》遠《おん》

令和4年 12月25日　初版発行

発行者●山下直久

発行●株式会社KADOKAWA
〒102-8177　東京都千代田区富士見2-13-3
電話　0570-002-301（ナビダイヤル）

角川文庫 23457

印刷所●株式会社暁印刷
製本所●本間製本株式会社

表紙画●和田三造

ISBN 978-4-04-111892-4　C0193

角川文庫発刊に際して

角川源義

第二次世界大戦の敗北は、軍事力の敗北であった以上に、私たちの若い文化力の敗退であった。私たちの文化が戦争に対して如何に無力であり、単なるあだ花に過ぎなかったかを、私たちは身を以て体験し痛感した。西洋近代文化の摂取にとって、明治以後八十年の歳月は決して短かすぎたとは言えない。にもかかわらず、近代文化の伝統を確立し、自由な批判と柔軟な良識に富む文化層として自らを形成することに私たちは失敗して来た。そしてこれは、各層への文化の普及滲透を任務とする出版人の責任でもあった。

一九四五年以来、私たちは再び振出しに戻り、第一歩から踏み出すことを余儀なくされた。これは大きな不幸ではあるが、反面、これまでの混沌・未熟・歪曲の中にあった我が国の文化に秩序と確たる基礎を齎らすためには絶好の機会でもある。角川書店は、このような祖国の文化的危機にあたり、微力をも顧みず再建の礎石たるべき抱負と決意とをもって出発したが、ここに創立以来の念願を果すべく角川文庫を発刊する。これまで刊行されたあらゆる全集叢書文庫類の長所と短所とを検討し、古今東西の不朽の典籍を、良心的編集のもとに、廉価に、そして書架にふさわしい美本として、多くのひとびとに提供しようとする。しかし私たちは徒らに百科全書的な知識のジレッタントを作ることを目的とせず、あくまで祖国の文化に秩序と再建への道を示し、この文庫を角川書店の栄ある事業として、今後永久に継続発展せしめ、学芸と教養との殿堂として大成せんことを期したい。多くの読書子の愛情ある忠言と支持とによって、この希望と抱負とを完遂せしめられんことを願う。

一九四九年五月三日

角川文庫ベストセラー

生贄のマチ 特殊捜査班カルテット　大沢在昌

家族を何者かに惨殺された過去を持つタケルは、クチナワと名乗る車椅子の警視正からある極秘のチームに誘われ、組織の謀略渦巻くイベントに潜入する。孤独な潜入捜査班の葛藤と成長を描く、エンタメ巨編！

解放者 特殊捜査班カルテット2　大沢在昌

特殊捜査班が訪れた薬物依存症患者更生施設が、何者かに襲撃された。一方、警視正クチナワは若者を集めたゲリライベント「解放区」と、破壊工作を繰り返す一団に目をつける。捜査のうちに見えてきた黒幕とは？

十字架の王女 特殊捜査班カルテット3　大沢在昌

国際的組織を率いる藤堂と、暴力組織〝本社〟の銃撃戦に巻きこまれ、消息を絶ったカスミ。助からなかったのか、父の下で犯罪者として生きると決めたのか。行方を追う捜査班は、ある議定書の存在に行き着く。

標的はひとり 新装版　大沢在昌

かつて極秘機関に所属し、国家の指令で標的を消していた男、加瀬。心に傷を抱え組織を離脱した加瀬に来た〝最後〟の依頼は、一級のテロリスト・成毛を殺す事だった。緊張感溢れるハードボイルド・サスペンス。

眠たい奴ら 新装版　大沢在昌

破門寸前の経済やくざ高見は逃げ込んだ温泉街で警察嫌いの刑事月岡と出会う。同じ女に惚れた2人は、政治家、観光業者を巻き込む巨大宗教団体の跡目争いの渦中へ……はぐれ者コンビによる一気読みサスペンス。

角川文庫ベストセラー

冬の保安官　新装版　大沢在昌

らんぼう　新装版　大沢在昌

ジャングルの儀式　新装版　大沢在昌

夏からの長い旅　新装版　大沢在昌

ニッポン泥棒　(上)(下)　大沢在昌

ある過去を持ち、今は別荘地の保安管理人をする男。冬の静かな別荘で出会ったのは、拳銃を持った少女だった（表題作）。大沢人気シリーズの登場人物達が夢の共演を果たす「再会の街角」を含む極上の短編集。

巨漢のウラと、小柄のイケの刑事コンビは、腕は立つがキレやすく素行不良、やくざのみならず署内でも恐れられている。だが、その傍若無人な捜査が、時に誰かを幸せに……？　笑いと涙の痛快刑事小説！

ハワイから日本へ来た青年・桐生傀の目的は一つ、父を殺した花木達治への復讐。赤いジャガーを操る美女に導かれ花木を見つけた傀は、権力に守られた真の敵を知り、戦いという名のジャングルに身を投じる！

充実した仕事、付き合いたての恋人・久邇子との甘い逢瀬……工業デザイナー・木島の平和な日々は、放火事件を皮切りに、何者かによって壊され始めた。一体誰が、なぜ？　全ての鍵は、1枚の写真にあった。

失業して妻にも去られた64歳の尾津。ある日訪れた見知らぬ青年から、自分が恐るべき機能を秘めた未来予測ソフトウェアの解錠鍵だと告げられる。陰謀に巻き込まれた尾津は交渉術を駆使して対抗するが――。

角川文庫ベストセラー

魔物 (上)(下) 新装版　大沢在昌

悪夢狩り 新装版　大沢在昌

B・D・T [掟の街] 新装版　大沢在昌

影絵の騎士　大沢在昌

深夜曲馬団《ミッドナイト・サーカス》 新装版　大沢在昌

麻薬取締官の大塚はロシアマフィアの取引の現場をおさえるが、運び屋のロシア人は重傷を負いながらも警官2名を素手で殺害、逃走する。あり得ない現実に戸惑う大塚。やがてその力の源泉を突き止めるが――。

試作段階の生物兵器が過激派環境保護団体に奪取され、その一部がドラッグとして日本の若者に渡ってしまった。フリーの軍事顧問・牧原は、秘密裏に事態を収拾するべく当局に依頼され、調査を開始する。

不法滞在外国人問題が深刻化する近未来東京。急増する身寄りのない混血児「ホープレス・チャイルド」が犯罪者となり無法地帯となった街で、失踪人を捜す私立探偵ヨヨギ・ケンの前に巨大な敵が立ちはだかる！

ネットワークと呼ばれるテレビ産業が人々の生活を支配する近未来、新東京。私立探偵のヨヨギ・ケンは、ネットワークで横行する「殺人予告」の調査を進めるうち、巨大な陰謀に巻き込まれていく――。

作品への手応えを失いつつあるフォトライターが出会ったのは、廃業寸前の殺し屋だった――。「鏡の顔」他、4編を収録した、初期大沢ハードボイルドの金字塔。日本冒険小説協会最優秀短編賞受賞作品集。

角川文庫ベストセラー

天使の牙（上）（下）新装版　大沢在昌

麻薬組織の独裁者の愛人・はつみが警察に保護を求めてきた。極秘指令を受けた女性刑事・明日香がはつみと接触するが、2人は銃撃を受け瀕死の重体に。しかし、奇跡は起こった――。冒険小説の新たな地平！

天使の爪（上）（下）新装版　大沢在昌

麻薬密売組織「クライン」のボス・君国の愛人の身体に脳を移植された女性刑事・アスカ。過去を捨て、麻薬取締官として活躍するアスカの前に、もうひとりの脳移植者が敵として立ちはだかる。

逸脱　捜査一課・澤村慶司　堂場瞬一

10年前の連続殺人事件を模倣した、新たな殺人事件。県警を嘲笑うかのような犯人の予想外の一手。県警捜査一課の澤村は、上司と激しく対立し孤立を深める中、単身犯人像に迫っていくが……。

歪　捜査一課・澤村慶司　堂場瞬一

長浦市で発生した2つの殺人事件。無関係かと思われた事件に意外な接点が見つかる。容疑者の男女は高校の同級生で、事件直後に故郷で密会していたのだ。県警捜査一課の澤村は、雪深き東北へ向かうが……。

執着　捜査一課・澤村慶司　堂場瞬一

県警捜査一課から長浦南署への異動が決まった澤村。その赴任署にストーカー被害を訴えていた竹山理彩が、出身地の新潟で焼死体で発見された。澤村は突き動かされるようにひとり新潟へ向かったが……。

角川文庫ベストセラー

十字の記憶　堂場瞬一

新聞社の支局長として20年ぶりに地元に戻ってきた記者の福良孝嗣は、着任早々、殺人事件を取材することになる。だが、その事件は福良の同級生2人との辛い過去をあぶり出すことになる――。

約束の河　堂場瞬一

幼馴染で作家となった今川が謎の死を遂げた。法律事務所所長の北見貴秋は、薬物による記憶障害に苦しみながら、真相を確かめようとする。一方、刑事の藤代は、親友の息子である北見の動向を探っていた――。

砂の家　堂場瞬一

「お父さんが出所しました」大手企業で働く健人に、弁護士から突然の電話が。20年前、母と妹を刺し殺して逮捕された父。「殺人犯の子」として絶望的な日々を送ってきた健人の前に、現れた父は――。

鳥人計画　東野圭吾

日本ジャンプ界期待のホープが殺された。ほどなく犯人は彼のコーチであることが判明。一体、彼がどうして？　一見単純に見えた殺人事件の背後に隠された、驚くべき「計画」とは⁉

探偵倶楽部　東野圭吾

「我々は無駄なことはしない主義なのです」――冷静かつ迅速。そして捜査は完璧。セレブ御用達の調査機関〈探偵倶楽部〉が、不可解な難事件を鮮やかに解き明かす！　東野ミステリの隠れた傑作登場‼

角川文庫ベストセラー

角川文庫ベストセラー

殺人ライセンス　今野　敏

高校生が遭遇したオンラインゲーム「殺人ライセンス」。ゲームと同様の事件が現実でも起こった。被害者の名前も同じであり、高校生のキュウは、同級生の父で探偵の男とともに、事件を調べはじめる――。

脳科学捜査官　真田夏希　鳴神響一

神奈川県警初の心理職特別捜査官・真田夏希は、医師免許を持つ心理分析官。横浜のみなとみらい地区で発生した爆発事件に、編入された夏希は、そこで意外な相棒とコンビを組むことを命じられる――。

脳科学捜査官　真田夏希　イノセント・ブルー　鳴神響一

神奈川県警初の心理職特別捜査官の真田夏希は、友人から紹介された相手と江の島でのデートに向かっていた。だが、そこは、殺人事件現場となっていた。そして、夏希も捜査に駆り出されることになるが……。

脳科学捜査官　真田夏希　イミテーション・ホワイト　鳴神響一

神奈川県警初の心理職特別捜査官・真田夏希が招集された事件は、異様なものだった。会社員が殺害された後に、花火が打ち上げられたのだ。これは殺人予告なのか。夏希はSNSで被疑者と接触を試みるが――。

脳科学捜査官　真田夏希　クライシス・レッド　鳴神響一

三浦半島の剱崎で、厚生労働省の官僚が銃弾で撃たれ殺された。心理職特別捜査官の真田夏希は、この捜査で根岸分室の上杉と組むように命じられる。上杉は、警察庁からきたエリートのはずだったが……。

角川文庫ベストセラー

脳科学捜査官 真田夏希
ドラスティック・イエロー
鳴神響一

横浜の山下埠頭で爆破事件が起きた。捜査本部に招集された神奈川県警の心理職特別捜査官の真田夏希は、カジノ誘致に反対するという犯行声明に奇妙な違和感を感じていた——。書き下ろし警察小説。

脳科学捜査官 真田夏希
パッショネイト・オレンジ
鳴神響一

鎌倉でテレビ局の敏腕アニメ・プロデューサーが殺された。犯人からの犯行声明は、彼が制作したアニメを批判するもので、どこか違和感が漂う。心理職特別捜査官の真田夏希は、捜査本部に招集されるが……。

脳科学捜査官 真田夏希
デンジャラス・ゴールド
鳴神響一

葉山にある霊園で、大学教授の一人娘が誘拐された。その娘、龍造寺ミーナは、若年ながらプログラムの天才。果たして犯人の目的は何なのか？ 指揮本部に招集された真田夏希は、ただならぬ事態に遭遇する。

脳科学捜査官 真田夏希
エキサイティング・シルバー
鳴神響一

キャリア警官の織田と上杉の同期である北条直人が失踪した。北条は公安部で、国際犯罪組織を追っていたという。北条の身を案じた2人は、秘密裏に捜査を開始するが——。シリーズ初の織田と上杉の捜査編。

脳科学捜査官 真田夏希
ストレンジ・ピンク
鳴神響一

神奈川県茅ヶ崎署管内で爆破事件が発生した。捜査本部に招集された心理職特別捜査官の真田夏希は、SNSを通じて容疑者と接触を試みるが、容疑者は正義を掲げ、連続爆破を実行していく。

角川文庫ベストセラー

脳科学捜査官 真田夏希
エピソード・ブラック

鳴神響一

警察庁の織田と神奈川県警根岸分室の上杉。二人には、決して忘れることができない「もうひとりの同期」がいた。彼女の名は五条香里奈。優秀な警察官僚だった彼女は、事故死したはずだった――。

刑事に向かない女

山邑圭

採用試験を間違い、警察官となった椎名真帆は、交通課勤務の優秀さからまたしても意図せず刑事課に配属されてしまった。殺人事件を担当することになった真帆の、刑事としての第一歩がはじまるが……。

刑事に向かない女
違反捜査

山邑圭

都内のマンションで女性の左耳だけが切り取られた絞殺死体が発見された。荻窪東署の椎名真帆は、この捜査でなぜか大森湾岸署の村田刑事と組まされることになる。村田にはなにか密命でもあるのか……。

刑事に向かない女
黙認捜査

山邑圭

解体中のビルで若い男の首吊り死体が発見された。男は元警察官で、強制わいせつ致傷罪で服役し、出所したばかりだった。自殺かと思われたが、荻窪東署の刑事・椎名真帆は、他殺の匂いを感じていた。

コールド・ファイル
警視庁刑事部資料課・比留間怜子

山邑圭

初めての潜入捜査で失敗し、資料課へ飛ばされた比留間怜子は、捜査の資料を整理するだけの窓際部署で、鬱々とした日々を送っていた。だが、被疑者死亡で終わった事件が、怜子の運命を動かしはじめる！